# NUIT BATTANTE

Maquette de la couverture : Jacques Léveillé



ISBN 2-7609-3068-8


Dépôt légal — Bibliothèque nationale du Québec
4e trimestre 1982

*Imprimé au Canada*

# NUIT BATTANTE

Yves Beauchesne

LEMÉAC

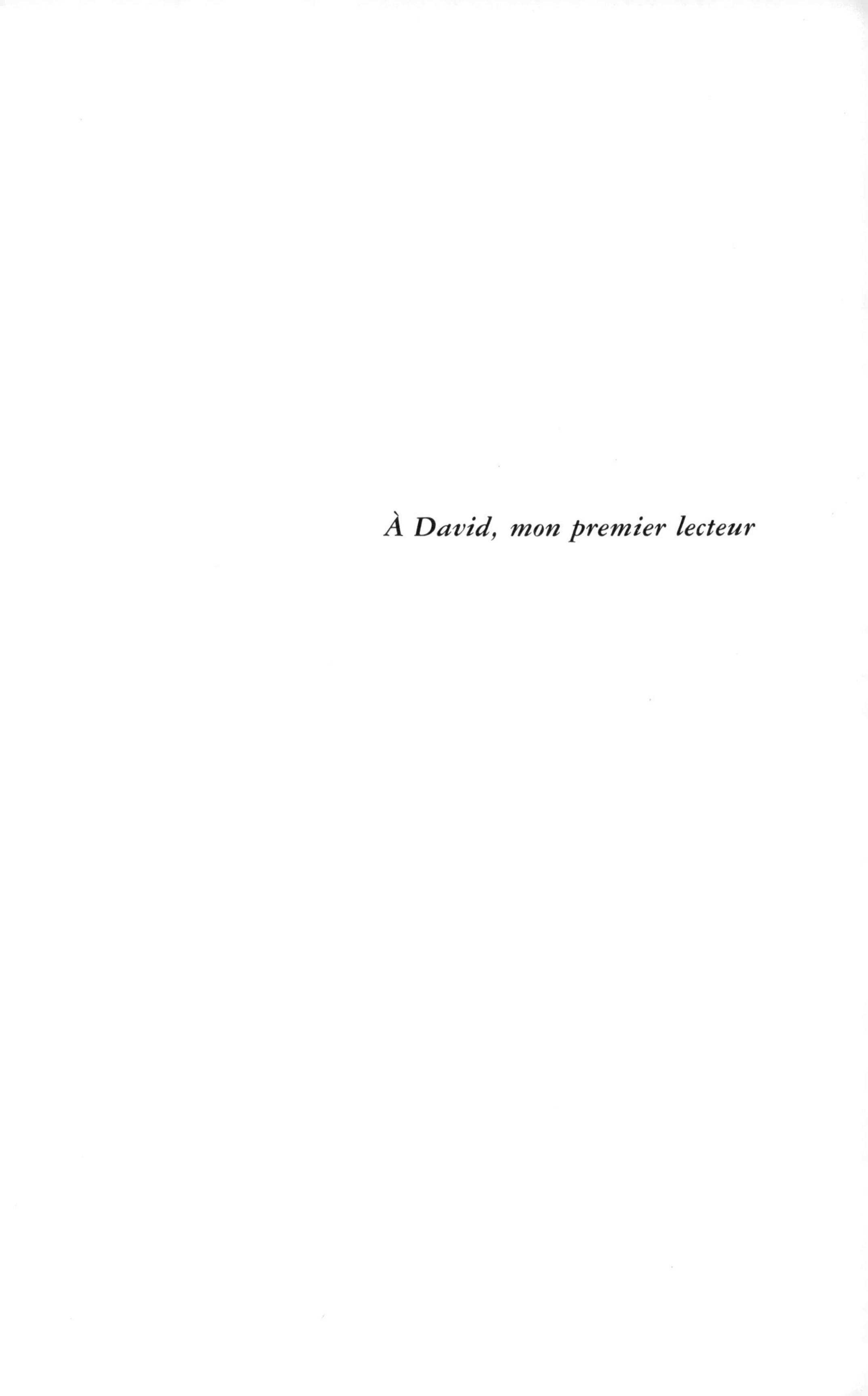

*À David, mon premier lecteur*

# 1

Salma sortit.

Il aimait la ville la nuit. Parce que la nuit, on entend fonctionner clairement les petits mécanismes intimes de la grosse machine: le déclic un peu hésitant des feux au moment où ils changent de couleur, le grognement monstrueux de la gueule du camion d'enlèvement des ordures, un N qui essaie désespérément de raviver son néon, tant et tant de voix encore... Salma prenait plaisir à regarder grandir de loin et très lentement les passants sur le trottoir. Il aimait également surprendre les chauffeurs de taxi attendant leurs clients, les jambes allongées bien avant dans leur rêverie. Il trouvait que la ville, la nuit, montrait enfin son corps. Elle clignait de l'œil, elle avait du temps pour les hommes. Et lui, il aimait prendre son temps, avec une femme comme avec une ville.

Son nid, la nuit, c'était la Casa.

Quand il entrait dans cette boîte latino, Salma avait l'impression d'abandonner ses vêtements à la porte. Il plongeait aussitôt dans la piscine chaude, agitée et toute remuante de sons. Ses hanches donnaient le signal et bientôt tout son corps s'abandonnait voluptueusement à la vague.

Les maracas, les bongos et le sapo cubano semblaient racler l'air encore plus frénétiquement que d'habitude ce soir. Salma n'hésita pas à se faufiler entre les danseurs. Il frôla des jupes, sentit les chevelures, reconnut des visages puis se réfugia loin de la piste, au petit bar, sous la marquise de paille.

Son regard se perdit bien vite dans la masse tourbillonnante des danseurs. Il pouvait rester planté là pendant deux, trois heures quelquefois. Dans sa tête, dans ses yeux, toutes sortes d'images cabriolaient. Des images changeantes et barbouillées par les reflets des spots qui n'arrêtaient pas de faire éclater les murs et le plafond en milliers de billes argentées. Les danseurs devenaient vite pour lui de petits animaux tout disloqués fouillant la nuit de leurs pieds, de leurs mains, de leurs hanches pour y enterrer leurs drames. Une meute de chiens de ville qui courent comme des fous dans un petit parc, croyant tenir dans leur gueule la liberté de la plaine sans fin. Toutes ces taches de lumière comme des séquences déroulées trop vite finissaient par engourdir Salma. Au bout d'une heure, seul son bras bougeait encore de temps en temps, dans la traversée de son verre. Et quand il rentrait chez lui, à cinq heures, le matin, c'est les travailleurs avec leur casque, leur journal et leur boîte qui lui semblaient être les acteurs dans cette affaire...

— Tu ne danses pas ce soir?

Salma fit pivoter lentement son tabouret en direction de la voix. C'était un visage connu. Une fille qu'il avait vue là plusieurs fois mais à qui il n'avait jamais parlé. Il marmonna quelque chose d'incompréhensible. Et d'entendre sa voix si flasque le découragea d'essayer même d'entamer une conversation. Sans qu'il ait vraiment eu le temps de réfléchir davantage, il sentit le tabouret revenir à sa position initiale. La rudesse du mouvement l'étonna tout autant que sa célérité mais il resta néanmoins cloué là, incapable de réagir, happé sans doute par son film.

— Tiens! tu aimes faire tourner les tabourets... Curieux, moi aussi. Tu sais, quand j'étais petite et que j'allais au restaurant, j'insistais toujours pour m'installer au comptoir. Et là, j'me faisais tournailler plus vite que dans une grande roue!... j'en ai des frissons rien que d'en parler.

Cette fois Salma fit revenir son tabouret en direction de la fille. Sa voix lui plaisait; sa façon également. Il s'étonnait presque de l'avoir vue si souvent sans lui avoir jamais adressé la parole. Une bouche si... Elle coupa alors le fil de sa pensée avec un à-propos qui acheva de l'étonner.

— Tu dois pas me trouver à ton goût! Depuis le temps qu'on se voit ici, j'me souviens pas que tu m'aies fait même un p'tit sourire de deux cents!... Mais t'en fais pas, j'suis pas ce qu'on appellerait une fille fière!

Et elle se mit à rire et à rire surtout lorsque Salma, les pommettes ardentes, recommença à bredouiller quelque chose. Quelque chose de tellement maladroit que les mots eux-mêmes n'arrivaient pas à emboîter le pas. Il ne put cependant résister bien longtemps devant le sourire qui lui titillait les lèvres. Il passa alors ses deux mains grandes ouvertes sur son visage puis se mit à la regarder.

Elle parlait, cette petite femme! Elle ne semblait même plus remarquer Salma. Elle parlait gaiement, en balançant sans cesse ses pieds devant elle. Salma ne l'écoutait pas. Il essayait de suivre le ruban de sa bouche qui n'arrêtait pas de se dérouler sur son petit visage rond. Un visage qu'il avait toutes les misères du monde à saisir dans son entier à cause des mouvements qui le faisaient et le refaisaient sans cesse comme les vagues recomposent inlassablement le paysage d'une plage. Les mains sous les fesses, ses souliers en équilibre dans les airs, à peine retenus par des orteils rouges comme des cerises, elle ne tarissait toujours pas. Salma se sentait maintenant bien accroché. Il n'entendait même plus la musique.

Il sursauta lorsqu'elle s'immobilisa soudainement. Il vit alors distinctement que son visage était un cercle bien plein et que ses yeux se tenaient couchés à chaque coin comme de longues feuilles brunies.

— Tu l'as oublié, c'est ça?

— J'ai oublié quoi?

— Ton nom, voyons, ton nom!

— Non, non, je l'ai pas oublié, mon nom! Mais pourquoi tu me dis ça?

— Bien, figure-toi que ça fait au moins trois fois que j'le demande ton p'tit nom et que tu n'as pas encore daigné me répondre!...

La petite femme pouffa de nouveau pendant que Salma essayait de retenir le visage qu'elle lui avait enfin laissé voir. Mais le ruban rouge déjà s'était remis à frissonner.

— Mais, mais, c'est quoi ton nom à toi?

— Moi, mon beau monsieur, j'en ai plusieurs, des noms... Pour toi, attends un peu, pour toi, ça sera... Gaby! Et puis, toi, tu vas enfin m'le dire comment tu t'appelles?

— Salma.

— Salma?

— Oui, Salma. C'est bien ça, Salma... Mais j'aime ton nom. Gaby... Ga-by, Ga-by...

Salma s'amusait à faire descendre le Ga et à faire monter le by comme si les deux syllabes s'étaient trouvées sur une balançoire. Gaby, elle, regardait danser les sons dans l'air.

— Salma... Mais ça ressemble à un nom de planète, ça!

Cette fois, ils éclatèrent de rire ensemble et leurs pieds se touchèrent tout doucement.

— Oui, plus j'y pense, plus je trouve que ce nom-là te va parfaitement! Oui, un nom rare pour un gars rare. Logique, non?

Salma avait vu ses réticences s'évanouir devant les yeux de Gaby. Et maintenant qu'il avait pu saisir son visage dans son entier, voilà qu'il était pris à son tour d'une envie irrésistible de parler. Une envie soudaine de tout savoir, de tout raconter.

— Et qu'est-ce que ça veut dire, pour toi, un gars rare?

Sa question la prit tout à fait par surprise. Salma s'était tenu tellement silencieux jusque-là qu'elle s'était habituée à n'attendre que des oui, que des non... Mais une question! Elle était sûre qu'il ne l'écoutait même pas et voilà que c'étaient ses mots à elle qu'il avait fait rebondir! Son visage lui parut encore plus troublant lorsqu'il parlait. Elle se sentait, étrangement, à sa merci. Elle bafouilla. Et c'est lui qui, alors, se mit à rire pendant que le petit visage devenait de plus en plus rond. Mais le ruban de ses lèvres se déplia vite et ils surent à ce moment qu'ils pouvaient commencer à se parler pour de bon.

— Tiens! je serais pas du tout surprise qu'avec un nom semblable tu fasses également un drôle de métier! Je dirais, attends un peu, je dirais que tu es... scaphandrier, oui, c'est ça! J'te vois très bien avec de grosses pantoufles de plomb.

— Tu brûles, Gaby, tu brûles! La seule erreur c'est que je porte pas de pantoufles de plomb pour le pratiquer, mon métier... Et puis, je n'ai à descendre ni au fond de la rivière ni même l'escalier de ma maison pour être miniaturiste.

— Vraiment? Miniaturiste? Épatant! J'avais raison: un métier rare pour un gars rare! Alors, ça veut dire que tu fais tout mais en tout petit? Tout, tout, tout?

— Presque tout! Oui, presque tout ce que tu peux imaginer. Mais ce qui m'intéresse le plus c'est d'inventer mes propres petits personnages...

— Des personnages que tu inventes de toutes pièces?

— Absolument! Comme dans les romans, tiens!

— Oh! mais moi, j'aime les romans... J'en ai lu des centaines, des milliers... Je peux les démonter et puis les remonter comme mon frère Luc fait avec les moteurs d'auto, lui! C'est vrai, Salma, tu peux rire tant que tu voudras! Quand j'ai fini de lire un roman, je le reconstruis... J'ai tout un système. Ça ressemble à de grandes portées musicales remplies de formules chimiques... J't'assure, c'est mes mots croisés à moi!

De nouveau Salma avait cessé de l'écouter. Il était maintenant tout entier dans ses cheveux. Elle les avait si fins, si roux et ils lui semblaient plus doux encore que ses joues qu'elle avait velues comme des pêches...

— Mais, Gaby, il n'y a pas que la... mécanique des livres qui t'intéresse?... Je suis sûr, moi, que tu es dévorée par des passions brûlantes! Je lis ça dans tes yeux. C'est vrai?

Vivement, Gaby secoua sa chevelure et Salma crut voir la queue de deux, trois écureuils en fuite...

# 2

Enveloppée dans son silence, Gaby ressemblait à une petite nageuse qui prépare un plongeon de haut vol. Et de la voir ainsi pour la première fois immobile, pensive et silencieuse, Salma se sentit troublé. Il essayait de voir si c'était la tristesse qui peut-être avait ouvert son visage aussi grand ou bien encore si c'était son enfance qui lui remontait au cœur. Ou bien peut-être était-ce une histoire d'amour en train de mourir en elle... Salma restait immobile. Il avait peur d'avoir été trop direct et la chanson langoureuse que Celia Cruz faisait danser dans l'air lui donnait le frisson.

Gaby le regarda alors bien en face. Elle avait un air d'écolière appliquée. Ses petits pieds avaient cependant recommencé à remuer et Salma lui fit alors un sourire si content que son visage redevint tout rond et laissa glisser la dernière ombre.

— C'est une grande, grande question que tu me poses là, toi! Sois pas surpris si ma réponse va fouiller loin en arrière, très loin même... Mais tu l'auras voulu, pas vrai? Alors je commence. Ma plus grande passion, ma plus formidable passion, c'est pour moi-même. Oui, pour moi-même. Ne ris pas! Je suis sérieuse... Parce que, tu vas voir, cette passion-là m'a presque été imposée... En fait, je dirais quasiment que c'est un cas de légitime défense! C'est que, vois-tu, plus jeune, j'étais laide comme un pichou... La nature avait fait un tour de force avec sa petite Gaby! J'étais grosse, la peau fleurie de boutons, je ne savais pas marcher... Mes cheveux étaient trop fins pour être peignés, et pour couronner le tout, je transportais sur mon nez boutonné une paire de lunettes faites pour l'observation des étoiles... Pour tout le monde, j'étais «la grosse», tout simplement... C'était comme si mon corps s'ingéniait à repousser la vie... Si j'avais pas eu la peau dure, c'est bien simple, j'serais devenue folle! Mais j'avais une sacrée caboche! Écoute, Salma, j'suis pas une beauté aujourd'hui mais la transformation est tout à fait sensationnelle!

Gaby se jeta alors du haut de son tabouret et fit devant Salma ravi un tour complet sur elle-même. Puis elle continua son histoire le plus naturellement du monde.

— Tu sais, quand une fille est laide à dix-huit ans, personne ne l'approche. On la laisse se refermer. On ferme les yeux sur elle... Imagine-toi un peu: pas une once d'expérience dans la tête, le monde entier contre toi et une faim de tendresse... Comment? Une jeune fille laide? Mais c'est tout à fait inacceptable! Les filles, on les veut belles surtout quand elles sont en boutons. Une fille peut être laide tant qu'elle veut quand elle est vieille, aucun problème alors... J'me sentais presque dans une situation d'illégalité. Je n'exagère pas! On me supportait comme on supporte un handicapé, à la condition qu'il reste bien tranquille dans son coin... Tu comprendras facilement que mes passions il fallait que j'les vive toute seule... Mais j'te l'ai dit, je suis entêtée. Et puis, j'avais en moi un bon fond de courage... J'allais rester dans mon coin mais je n'allais pas mourir! J'me suis donc mise à lire comme une folle. N'importe quoi. Jour et nuit. Les passions, je les vivais, toutes, et en première classe, s'il vous plaît! En même temps, j'me suis mise à découvrir les animaux. Pas de préjugés, ceux-là... Et puis, ils ne sont pas avares de leur affection... J'ai bien dû domestiquer tout ce qu'on peut domestiquer! J'avais mon p'tit monde à moi, je n'étais pas seule, je leur tenais tête, j'allais vaincre, comprends-tu, Salma, je savais que j'allais m'en sortir vivante!

Salma se mit à trouver que Gaby avait en effet dans les yeux quelque chose de la ténacité d'une bête. Et il eut une envie folle de lui embrasser le cou qu'elle avait petit, comme celui d'un chaton...

— Crois-moi, je n'exagère pas, les livres puis les animaux, c'est ça qui m'a sauvé la vie!... Et petit à petit, tout doucement, sans que personne ne m'aide, j'ai réussi à me construire une apparence acceptable. Pièce par pièce, comme on construit sa maison... J'ai tout essayé, Salma, tout! Les masques, les crèmes, les régimes avec et sans sel, le concombre ébouillanté, les queues de betteraves roulées dans la levure de bière, tout, vraiment tout! Non, Salma, tu ne le croirais pas! Encore maintenant, quand je repense à tout ça, j'ai presque autant envie de rire que de pleurer... C'est ce que j'appelle ma période héroïque... Pas mal, hein?

Le visage de Gaby n'était plus maintenant qu'une grande grimace heureuse. Salma, lui, n'en revenait pas de tant de franchise. Ça l'émerveillait.

— Mais maintenant, oui, maintenant, c'est si facile de vivre! Ah! bien sûr, je pourrais chialer sur ceci ou sur cela, mais j'me suis trop battue pour faire le bec fin!

Les éclats de lumière venant de la piste dessinaient sur leur visage des masques troublants. Gaby et Salma se tenaient cependant tout à fait immobiles et chacun voyait briller distinctement dans le visage de l'autre un sourire comme une étoile. Salma posa sa main sur sa main à elle et lui dit tout à coup:

— Bon, Gaby, c'est mon tour... Quel genre d'histoire que tu veux entendre?

— Quel genre d'histoire? Ah! j'ai même le choix... Bravo! Attends un peu... Tes yeux... me disent que tu as dû avoir une belle enfance, toi... Si tu me parlais de ce temps-là?

— Belle, ça je ne sais pas, mais vivante en moi, ça oui! Mon enfance, Gaby, c'est un peu comme un film, un très bon film que j'aurais vu il y a des années et que je peux revoir à volonté tellement les images font partie de moi... Bon choix, mademoiselle, bon choix! Attention, maintenant, silence on tourne!

Et Salma se mit alors à se faire tourner encore et encore sur le petit tabouret, comme une toupie frénétique... Gaby se tordait de rire. À la fin, elle l'encercla de ses deux bras pour l'immobiliser. Sa tête plongea dans sa chemise et elle crut qu'elle n'en sortirait plus jamais... Ils n'entendaient plus de la musique salsa, qui s'étirait dans l'autre salle comme un grand serpent, qu'une cadence tout juste bonne à tenir leur corps au bon tempo... Salma mordillait l'oreille de Gaby si doucement qu'elle se mit à entendre des mots qui ne pouvaient qu'être le début de l'histoire promise.

— Il y a un personnage important dans mon film. Un seul, en fait: mon grand-père. Les autres, ils étaient trop pris par leurs immenses problèmes. Je ne pouvais pas leur toucher. Je ne leur en voulais pas parce qu'au fond, ils m'étaient tout à fait indifférents. Mais mon grand-père, c'était une autre histoire! Il n'avait pas peur de rêver, lui! Et, tu sais, quand je lui posais une question, il avait dans sa tête un plein tiroir de réponses. Une fois qu'il en avait choisi une, il me l'étirait en poussant sa canne droit devant lui comme si elle avait été une épée... Mes parents, quand ils parlaient de lui, disaient que c'était rien qu'un vieux jongleux. Moi, leur aveuglement me faisait tellement plaisir: de cette façon, j'étais le seul à pouvoir profiter de mon grand-père, j'avais l'exclusivité! C'était mon trésor à moi tout seul… Ah! grand-père, il avait fait tant de métiers, il avait mangé toutes les misères! Pour moi, c'était un vrai miracle qu'il ait réussi à survivre à tant d'épreuves… Et ce qui m'étonne un peu maintenant, c'est le sourire qu'il avait de gravé dans son visage. Jamais il n'avait cet air soucieux de mes parents, cet air qui me désespérait tant! Bien sûr, il était triste des fois, mais c'était, il me semble, encore plus doux d'être avec lui dans ces moments-là… Je lui apportais alors mon chat à caresser et je me sentais si fier quand un sourire remontait dans son visage… J'étais si important! Et il se mettait à flatter mon chat d'une main et mes cheveux de l'autre en disant qu'on était ses deux petits moutons préférés… Et moi, j'aimais tellement ça être le p'tit mouton de mon grand-père que j'en aurais bêlé de plaisir, j'pense bien…

«Je l'ai compris plus tard, bien plus tard, grand-père était un vrai solitaire. Et il avait la force d'une légende. Il se nourrissait des forêts qu'il avait marchées et bûchées, des petits champs maigres qu'il avait dépierrés, des enfants qu'il avait eus et qui l'avaient déserté. Il devait en avoir des paysages dans la tête… Il ne savait ni lire ni écrire mais il avait inventé son petit système de signes pour se souvenir des choses importantes. Les murs de son atelier étaient pleins de ces pattes de mouches qui ressemblaient à des petits sapins et à des haches… C'est dans cette cabane qui sentait le tabac, c'est là que j'ai appris ce qui m'a donné depuis le plus de joie: le travail du bois. Oui, c'est lui qui m'a appris à gosser. Il me montrait à faire des manches d'outils, des barreaux de chaises, des pattes de table... Il m'enseignait à parler au bois en le caressant. Il me faisait voir les veines qui coulaient dans le miel du pin. Il m'a montré à aimer, je pense, oui, c'est ça, il m'a montré à aimer... Puis, un jour, il a posé sa grande main cornée dans mes cheveux et j'ai su tout de suite qu'il allait se passer quelque chose d'important. J'étais un peu effrayé, j'm'en rappelle encore. Il m'a dit, j'ai pas oublié un mot, Gaby, voici ce qu'il m'a dit: « Ti-gars, à matin, on va faire Notre-Seigneur en croix. » J'ai alors vécu les trois semaines les plus silencieuses et les plus ferventes de toute ma vie... J'ai entrevu ce que tous les mots mystérieux de mon catéchisme pouvaient peut-être bien vouloir dire après tout... Et puis, Gaby, le crucifix était si pathétique! Un grand homme maigre, un visage à peine délivré du bois, c'était pour tout dire la souffrance faite homme...

« Grand-père, oui, un véritable artiste. Un naïf. Un géant aussi. T'aurais dû le voir sentir son bois, le palper, le caresser. Puis il pouvait passer des heures à me parler de l'âge de l'arbre, des saisons, du temps qui passe. Et des couleurs du bois, de tous les blonds du pin. Il parlait du bois de la même façon qu'il parlait des animaux. Et c'est curieux, je l'ai jamais entendu me parler des humains sur ce ton-là... Tout jeune, moi aussi, j'étais déjà un solitaire... L'héritage du grand-père, je suppose. Je recherchais toujours des activités où je pourrais me retrouver seul maître à bord... Le printemps, j'me construisais un radeau et j'me promenais dans les champs inondés; j'avais pour moi tout seul des lacs immenses! Puis l'été, c'était ce qu'on appelait chez nous les fruitages. Les fraises quand l'école fermait enfin ses portes, ensuite les framboises qu'il fallait arracher aux rochers. Au mois d'août, les bleuets qui, étrangement, poussaient surtout dans des endroits sinistres, des brûlés, des marécages... Ah! j'aimais tellement ça aller aux fruitages parce que là, vois-tu, je pouvais rêver tout mon soûl... Tu vois bien, moi aussi j'étais un petit solitaire, Gaby... »

Ils avaient tant parlé qu'ils furent heureux d'entendre se déhancher entre eux le grand serpent sud-américain... Mais c'est le silence, un silence troublant, qui chantait le plus fort dans leur tête.

— Gaby, ça te tenterait peut-être de sortir d'ici et puis d'aller marcher un peu?

— Au bord de l'eau, par exemple?

— Au bord de l'eau, par exemple!

Et ils partirent bras dessus, bras dessous au son d'une samba qu'ils n'entendirent cependant pas. Ils étaient trop occupés à regarder danser leur corps.

# 3

Gaby n'avait plus envie de lui poser des questions comme lorsqu'ils se trouvaient à la Casa. Elle avait l'intuition d'avoir déjà tout vu en lui. Enfin, l'essentiel, comme une maison que le regard embrasse entièrement en la regardant s'avancer lentement au bout d'une longue et large allée. Elle se disait que c'étaient ses yeux qui avaient tout dit tout de suite. Des yeux d'enfant qu'il avait. Elle se sentait en pays connu; elle respirait bien. Et c'était tout. Si elle le regardait de temps en temps, c'était pour lui sourire. Elle était tout occupée à coudre ensemble les bouts d'images qui lui venaient dans un grand désordre. Elle voulait tourner les branchages de ses souvenirs en un grand bouquet sauvage, pour lui, pour que ses yeux restent étonnés. Tant d'odeurs lui montaient en même temps du fond de la mémoire que ça l'étourdissait. Elle ne savait plus trop bien où Salma se trouvait mais chaque fois qu'elle le regardait, ses yeux brillaient et ça lui suffisait.

C'est que Salma, lui, se sentait rafraîchi. Les histoires de Gaby s'enfilaient si naturellement les unes aux autres que seuls ses petits cris et ses éclats de rire réussissaient à l'arracher de temps en temps au paysage qui se formait dans son cœur. Il la voyait très clairement en train de sauter d'un rocher à l'autre dans un ruisseau desséché par l'été. Sa robe remontée dans ses petits poings comme des rideaux devant le jour. Ses orteils tendus très fort... Il lui donna la main.

La Casa n'était plus maintenant qu'une île dans leur souvenir. S'ils s'étaient retournés, ils auraient vu au lointain des palmiers au néon danser frileusement en rouge, en vert et en bleu.

Le vent fit lever de grandes ailes du fond de la rivière et Gaby et Salma tombèrent ensemble dans son creux. Ils se tinrent la main fort, s'étonnant de voir la rivière, si timide d'habitude, se mettre à charrier tout à coup tant de lumière. Et ils pensèrent, chacun pour soi, qu'ils ne l'avaient peut-être bien jamais regardée comme il faut. Vitement donc, ils se mirent à ressasser leurs souvenirs pour se rassurer, pour reprendre pied. Comme on refait dans sa tête le portrait de son père pour mieux se reconnaître dans le miroir certains matins. Et les souvenirs de la rivière leur montèrent à la bouche, fidèles et abondants, parce que l'eau qui habite une ville, que ce soit un lac, une rivière ou un fleuve, cette eau-là, c'est le miroir de tous ses habitants et chacun y jette un moment donné un morceau de sa vie ou au moins un rêve...

— Le croiras-tu, Salma, moi, j'ai pensé jusqu'à l'âge de six ou sept ans que cette rivière-là c'était une baignoire géante! Mais ma petite théorie me posait des problèmes! Je trouvais tout à fait impossible qu'il y ait assez de robinets pour tenir une aussi grande baignoire constamment pleine... Et, lorsqu'un beau matin, je me suis décidée à poser la question à mon institutrice, j'ai reçu une réponse qui m'a bouleversée bien plus encore que ma théorie. La bonne sœur m'a prise à part du groupe et elle m'a dit quelque chose comme ceci: « Mais, ma petite Gabrielle », alors que j'étais déjà grosse comme un éléphanteau, « ma chère enfant, ce ne sont pas des robinets qui remplissent les rivières, mais non! Ce sont les larmes de Dieu! Les millions de gallons de larmes qu'il verse chaque jour parce que nous sommes si méchants envers lui! Chaque mensonge que vous faites, Gabrielle, fait couler une grosse, grosse larme à Jésus. » Eh bien! t'aurais dû voir ma détresse ce printemps-là. La rivière avait décidé de sortir de son lit. Tout le quartier, ici, était inondé. J'entendais bien les grandes personnes parler de l'événement avec des mots remplis de peur mais ce n'était rien comparé à mon désarroi à moi! Ma crainte surpassait mille fois celle que j'avais des rideaux de fer de tous les communistes du monde entier! J'en dormais plus! J'aurais fait n'importe quoi pour assécher ces larmes-là, j'te jure!

Ils se mirent à déambuler sur la petite promenade qui se tenait perchée au-dessus du port comme un quai planté dans une mer desséchée. Ils faisaient sauter leurs jambes très haut, à droite puis à gauche, comme de grands pantins heureux... Quand ils furent bien fatigués de faire danser leur corps, Salma saisit Gaby et la posa sur un des socles de la balustrade en lui arrachant toutes sortes de petits cris heureux. Et là, il ouvrit ses bras autour de ses hanches et lui dit d'être bien sage parce qu'il allait lui raconter une histoire. Elle ne le quittait pas des yeux.

— Tu sais, Gaby, pour moi, la rivière n'a commencé à exister que lorsque je me suis retrouvé au collège. On m'avait mis là pour me redresser, comme j'avais un jour entendu ma mère dire à sa sœur au téléphone. Mes parents croyaient que j'étais une mauvaise pousse. Et les mauvaises pousses, on corrigeait ça avec une discipline stricte. Ils ne s'étaient pas trompés d'adresse! Les bons pères avaient une règle d'or: suivez le modèle et vous serez sauvés! Malheur à ceux qui ne se soumettaient pas... Mais moi, Gaby, je ne voulais pas être sauvé. J'voulais de l'attention. Donc, pas de choix: il fallait que j'me révolte! Je n'oublierai jamais cette fin d'après-midi croustillante de janvier. J'étais dans ma cachette. Parce que, vois-tu, les armes des bons pères n'étaient ni en bois ni en cuir. Leur cruauté était plus raffinée que ça! Leur grande arme: supprimer toute intimité! On te surveillait partout, à l'intérieur comme à l'extérieur et si on te voyait seul trop souvent, tu devenais fortement suspect. Donc, moi, j'avais passé les premiers mois de mon internement à chercher un coin où je pourrais me retrouver seul et rêver la bouche ouverte... J'l'avais finalement trouvé mon p'tit oasis. J'm'en souviens, j'étais tellement excité que les longs corridors sombres ressemblaient ce jour-là à de grandes avenues de Noël, tu sais là, pleines de lumière! J'avais ma cachette! J'étais sauvé! Il se trouvait, mon oasis, en haut de l'escalier conduisant au clocher de la chapelle. Comme on avait paralysé les cloches depuis longtemps, personne ne montait plus jamais là. La dernière marche tout entière était à moi. C'est là que je me réfugiais le plus souvent possible, m'éclairant de bouts de chandelles que je piquais dans la poubelle de la sacristie. Ah! le p'tit paradis que c'était!... Mais, je reviens à cette après-midi-là de janvier. J'étais en train de mettre la dernière main à mon ambitieux plan d'évasion. Oui, Gaby, d'évasion! Bien sûr, ma cachette me plaisait mais ça m'avait donné le goût d'avoir encore plus de liberté. J'avais donc décidé de m'évader. J'avais pensé à tout! J'avais ramassé depuis des mois des bouts de pain, j'avais volé des boîtes de conserve du garde-manger de ma mère pendant les vacances des Fêtes, j'avais une couverture, un grand sac, et puis j'avais lu tous les romans d'évasion que j'avais pu trouver... Ma marche d'escalier était pleine à craquer! Et puis mon p'tit cœur, pas besoin d'te dire qu'il battait fort, celui-là! Mais j'me sentais si sûr de moi! J'étais convaincu que rien ne pourrait me résister. Rien. Mon bagage dissimulé un peu partout sur moi, dans mes bottes, dans ma tuque, je réussis à franchir les portes du collège. Puis après, je cours comme un fou et j'me retrouve autour d'ici, en bas, là, sur les quais. J'imagine bien que j'devais avoir l'air d'un fils d'immigrant fraîchement débarqué...

— Mais, Salma, les bateaux ne venaient pas jusqu'ici, en hiver, à cette époque-là!

— Eh! fille, qui te parle de bateau? Pas besoin de ça! J'avais fait, moi, une découverte géniale... Je savais que l'hiver, la rivière se faisait elle-même ses petits bateaux que les livres appelaient des banquises. Comme j'étais pas ambitieux, j'étais tout prêt à monter à bord d'une simple banquise! Elle saurait bien m'amener dans une île où le mot collège serait absolument inconnu.

— Alors, grand voyageur, jusqu'où tu t'es rendu?

— Fatalement, il a fallu qu'un camionneur en train de déverser sa charge de neige dans la rivière me repère... Et le reste se perd dans une nuit de réprimandes et de punitions... Mais mon île, elle, m'attend toujours...

Gaby et Salma se sentaient étrangement pacifiés et surexcités à la fois. Ils avaient tous deux la sensation de s'être vraiment mis à nu en plongeant aussi spontanément au creux de leur enfance. Et ça les laissait frissonnants... C'est comme s'ils avaient été réveillés pour une fête au milieu de la nuit. Et toutes ces lumières les aveuglaient bien un peu...

Gaby regardait Salma se faire et se défaire en elle. C'était sa bouche butée, puis son pas, puis ses yeux d'enfant qui, tour à tour, prenaient toute la place. Elle le désirait. En lui elle ne voyait pas de feu mais beaucoup de lumière. Et ça l'attisait. Quand il la fit descendre du socle, elle tomba tête la première dans son désir. Elle ne voulait plus se relever. Elle se tut.

Une belle bousculade venait d'éclater dans la tête de Salma. Les rangs étaient défaits. Comment avait-il pu tout de suite, sans hésiter, ouvrir à Gaby une si grande fenêtre sur sa vie? Jamais il ne faisait ça avec les femmes qu'il rencontrait. Pas depuis Muriel. Il rencontrait une femme, s'ébattait avec elle et disparaissait toujours avant l'aube. Depuis Muriel.

Mais avec Gaby, la vague battait fort dans sa main. Il le savait, elle devait, il faudrait, il voudrait...

Lorsqu'ils arrivèrent devant la maison de Gaby, il plongea son visage dans le nid de ses cheveux et la suivit, les yeux fermés, jusqu'au cinquième étage.

Très tard le lendemain matin, Salma fut réveillé par une voix fausse qui chantonnait joyeusement au milieu des petits bruits rassurants de la vaisselle. Et Salma trouva que ça sentait bon chez Gaby.

# 4

Un été affolant s'était levé de cette nuit-là. Un été semblable à ceux de l'adolescence quand on voit le train éblouissant de la vie foncer sur soi. Salma avait peine à croire que tant de joie puisse surgir d'un seul coup dans sa vie.

Gaby lui réapprenait à lire la terre, image par image. Elle lui ouvrait les narines, elle le traînait sur les gazons, elle le raccordait au monde. Le paravent jaunâtre qui s'était élevé autour de sa vie ces dernières années s'était replié si vite qu'il n'avait pas eu le temps d'hésiter. Chaque jour recommençait au son de son cœur qui lui faisait battre les mains de joie. Il avait enfin trouvé des vêtements à sa taille. Et la traversée vers l'autre rive, vers cette joie toute ronde, s'était faite si doucement qu'il n'avait pas pu protester, brandir l'épouvantail des défaites passées, craindre.

Gaby, elle, n'était plus qu'une amoureuse. Elle saisissait tout. Elle tenait son cœur comme une boussole. Elle avait surtout compris que Salma était le genre d'animal facile à effaroucher. Elle ne voulait pas savoir pourquoi. Elle respectait sa vie. Elle le laissait donc lui-même écarter les barrières et élargir à volonté le champ de son bonheur. Quand elle voyait poindre une ombre sur son visage, elle s'enroulait dans son sourire ou bien elle fermait les yeux. Immanquablement le front de Salma s'éclairait. De temps en temps, elle disparaissait pour une journée ou deux. Salma s'enfermait chez lui, caressait son bois, faisait le tour de ses habitudes. Quand elle revenait, il courait la couvrir de ses grands bras affamés. Parfois même il lui murmurait des secrets, de si doux secrets qu'elle arrivait à peine à les entendre... Salma n'était plus content de sa vie. Il était heureux.

C'est qu'elle se levait de partout, sa vie! Il avait débarrassé les fenêtres de son atelier de leurs vieux stores. Il sculptait différemment. Il faisait dire au bois des choses qu'il s'était jusque-là interdites. Ses doigts se déliaient. Il se surprenait à se sourire lorsque son petit passé venait balancer ses drapeaux troués. C'est des balises qu'il voyait à leur place. Les signaux d'un chemin qu'il avait enfin retrouvé. Ses faillites, son repliement, il les regardait maintenant comme une longue maladie d'enfance. Il avait maintes fois lu que c'est à la suite d'un événement semblable que plusieurs artistes avaient commencé à peindre, à écrire... Lui, son hiver l'avait tout simplement préparé à mieux vivre. D'ailleurs, tout se passait si naturellement qu'il ne s'étonnait plus de rien. Il trouvait même à la ville des odeurs palpitantes quand, les fenêtres grandes ouvertes, installé à son établi, il écoutait le matin bourdonner dans les rues.

Un jour, il s'était même étonné de se trouver beau en se regardant dans la glace. Il avait pensé que si ça continuait ainsi les mensonges de Gaby pourraient bien finir par le faire voler... Salma était comme l'exilé qui revient dans ce pays qu'il avait depuis longtemps cessé de croire habitable et qui découvre en rentrant une terre appétissante comme une table endimanchée. Toutes ces grandes tromperies qui l'avaient fait couper tant de fils dans sa vie lui paraissaient presque irréelles maintenant. D'ailleurs, il ne se raidissait plus que rarement. Il n'essayait pas de comprendre, il suivait son cœur.

Souvent son ami Duplex arrivait en trombe, marmonnait quelque chose très vite et disparaissait. Invariablement, Salma trouvait alors les clefs de la vieille camionnette sur le coin de l'établi. Il s'empressait d'aller arracher Gaby à ses paperasses et ensemble ils prenaient le large.

Et là, dans la camionnette rouge, c'était la fête! Elle se plaçait tout à côté de lui, elle se collait sur lui comme font les enfants de seize ans qui s'aiment tellement qu'ils ont peur de se perdre. Salma ne se lassait pas de voir sa petite tête rousse suivre les dessins des champs; elle y mettait tant d'attention qu'elle en tirait la langue... Elle lui posait mille questions sur les vaches, sur les silos, sur le trèfle, et lui, il inventait des réponses fantastiques pendant que sa main droite pétrissait sa belle cuisse ronde.

La plupart du temps, ils ne faisaient que suivre la camionnette dans la petite vallée plantée de vergers, à l'ouest de la ville. Ils aimaient s'engouffrer entre les collines bossues comme de vieux oreillers. La route, dans ces parages, était toute barbouillée de petits stands qui offraient du jus, des glaïeuls, des pommes, du cidre, toutes sortes de sucreries que les gens de la ville appellent la campagne. Les fermières, leur semblait-il, avaient les yeux plus bruns que la terre. Ils s'amusaient souvent à chercher le motif du tablier qui courait sous leur chandail boutonné tout de travers. Ils faisaient des paris. Ils criaient. Ils se chatouillaient... Quelquefois ils voyaient une jeune fille si éblouissante dans son corps de seize ans que ça leur donnait le frisson, à Gaby et à Salma. Ils ne pouvaient pas croire que la vie puisse briller si fort.

Un jour, dans un de ces stands, Salma s'était mis à causer longuement avec le vieux fermier. Le bonhomme, quand il avait vu Gaby déplier ses jambes dans la portière s'était mis à s'embrouiller dans son discours. Gaby lui avait sauté au cou. Salma et elle l'avaient tous les deux entouré en riant comme s'il avait été un vieil arbre. Le bonhomme leur avait ouvert la clôture de son grand verger et ses yeux avaient alors disparu dans les plis de sa joie.

Ce verger-là leur avait coupé le souffle.

Un alignement aussi solennel, ces troncs qui lançaient leurs veines épaisses sous des jupes rondes et parfaitement taillées, tout cela et la splendeur de l'heure commandaient le silence. Ce n'était pas une ferme, ce n'était pas un verger, c'était le parc d'un invraisemblable et invisible château ! Ils marchèrent longtemps. Ils apprivoisaient à petits pas ces milliers d'arbres tous si étrangement semblables. Ils finirent par se sentir comme au beau milieu d'une île qui faisait éclater en vert, en rose, en jaune les amours du printemps avec la terre. Peu à peu ils remarquèrent qu'ils ne marchaient plus mais bien plutôt qu'ils nageaient. Cela ne les étonna pas. Et ils ne s'abandonnèrent que plus totalement encore à l'air qui leur chatouillait les oreilles comme un plumeau géant...

De temps en temps Salma devait prendre le bras de Gaby qui perdait l'équilibre sur cette grande trampoline verte. Une fois qu'il avait senti ses pieds s'enfoncer, il s'était mis à fouiller son dos. Elle avait ri. Il l'avait embrassée partout. Elle avait ri encore, plus fort. Et l'herbe s'était mise à gondoler pour de bon. Ils étaient tombés en roulant l'ivresse de l'été entre leurs corps comme une douce boule de gazon... Leurs bras, leurs jambes écrasaient les pommes trop impatientes qui s'étaient déjà échouées. Puis ils s'étaient reposés mais pas longtemps parce que des musiques inconnues s'étaient mises à leur remonter dans le corps et les avaient envoyés rouler de nouveau.

En revenant vers la camionnette, Salma avait découvert de grandes étoiles juteuses imprimées dans la jupe de Gaby.

Cet après-midi-là, Gaby devint plus que Gaby pour Salma. Son nom avait mûri : elle s'appelait Pomme.

# 5

C'est l'odeur du bois qui tirait Salma du lit le matin. Le besoin de le tailler, de l'ouvrir, de le faire fleurir. Ainsi, il quittait souvent le lit de Gaby au petit jour afin de se trouver dans son atelier au réveil.

Il commençait sa journée en plaçant cérémonieusement ses outils sur l'établi, selon un ordre créé depuis longtemps par ses doigts. Il se tenait debout, bien droit, immobile. C'est à ce moment-là qu'il faisait ses fouilles quotidiennes. Il plongeait d'un étage à l'autre de sa mémoire, raclant un plancher, explorant un coin, s'abandonnant tout à fait aux mystères de cette grande maison mouvante. S'il était chanceux, il en ramenait des cailloux si verts qu'ils vous feraient croire que les émeraudes naissent peut-être bien, après tout, des tessons de bouteille bien polis... Le tapotement de ses doigts sur l'établi donnait le signal de la remontée. C'est alors seulement qu'il se mettait à sculpter, en sifflotant la plupart du temps.

Salma n'aurait sans doute pas été étonné d'entendre parler de sa routine de réchauffement dans ces termes-là. Il aurait tout de suite reconnu le cérémonial mais cela l'aurait sûrement fait rougir jusqu'aux oreilles. Parce que Salma, il avait la pudeur de ceux qui n'ont pas appris leur art dans les écoles mais bien plutôt dans un long et solitaire tête-à-tête avec la matière. Cela rend un homme humble et un peu méfiant des mots.

Il travaillait ces jours-ci sur trois petits personnages à la fois. Trois fées. Il les appelait sa famille de fées. Elles lui venaient de son enfance, ces fées. De son premier livre de lecture. Il ne les avait jamais oubliées, ces petites filles, mi-débutantes mi-paysannes qui, chacune à tour de rôle, étaient chargées de porter soit une voyelle, soit une consonne sur les fonds baptismaux de l'Alphabet. Il avait tellement rêvé devant ces illustrations que c'était la première image qu'il s'était faite des fées et il lui restait fidèle maintenant que c'était son tour d'en faire apparaître... Gaby avait insisté pour lui montrer tous les contes de fées qu'elle conservait précieusement dans sa bibliothèque. Cela n'avait fait que renforcer son intuition. Les vieilles fées qui jouent à la marraine sous leur bonnet, les plus jeunes qui disparaissent sous des cascades d'étincelles et de sourires, et celles qui portent un nez plus long qu'une canne lui semblaient dignes tout au plus d'un bal masqué! Il sculptait donc une volée de petites filles espiègles et ça l'amusait souverainement.

Le curieux trio était destiné à la divine Madame T. Il y travaillait donc avec ferveur, sachant que ses petites bonnes femmes allaient prendre vie pour de bon entre les griffes de la vieille chatte. Tout comme entre les doigts d'un enfant. Madame T. allait leur parler, les faire rêver, les faire pleurer aussi. Les fées allaient devenir ses petites protégées. Et cela excitait Salma de savoir quel destin attendait ces morceaux de pin-là. C'était un peu comme si l'arbre qui avait donné son corps allait revivre plus fort qu'avant. C'est pour cela sans doute qu'il ne travaillait que pour les enfants: il n'aurait pas pu supporter que ses miniatures, que ces parcelles de forêt, deviennent des bibelots.

Mais ce matin, ses doigts tournaient curieusement en rond. Ses yeux ne voyaient pas au-delà des ébauches. Salma restait désespérément accroché à la nuit. À un morceau de la nuit passée. Il aurait tant aimé repousser tout cela comme on chasse une mouche, d'un grand geste de la main. Mais rien à faire. Ni l'odeur du bois, ni ses outils en éventail devant ses mains, ni les petits blocs impatients de se faire donner un visage, rien ne pouvait décoller sa pensée de ce qui s'était passé dans le creux de sa nuit.

Il avait ri en se réveillant. Mais il l'avait entendu monter dans sa gorge, ce rire, et cela l'avait un peu gêné. Il avait quand même balayé l'air de ses deux bras comme une fleur géante qui s'ouvre envers et contre tout. Le journal ne le captivait jamais vraiment, mais ce matin il le laissait absolument indifférent. Il n'avait pas pu s'intéresser à une seule manchette, pas même à une bande dessinée. Il s'était alors dit que la douche allait bien le faire sortir de sa léthargie. L'eau froide stimula ses pensées, c'est vrai, mais en direction de la nuit passée. Il but café sur café en arpentant la pièce. Ça ne démordait toujours pas. Il lui restait le travail. C'était son arme la plus efficace. Celle qui l'avait déjà arraché aux pires cauchemars. Mais ses doigts restaient noués.

Il secoua la tête, se leva et sortit.

Le parc était encore désert à cette heure; la petite forêt toute à lui. Mais il ne la voyait même pas. Salma ne voyait que ses pieds, il ne voyait que les lignes horizontales qui, à distance parfaitement régulière, barraient le ciment. Comme une immense échelle que de sombres animaux nocturnes devaient emprunter pour voyager...

« C'est pourtant simple, Salma, c'est pourtant si simple! Tu n'as qu'à faire, disons, appelons ça, si tu veux, un petit inventaire des faits. Les faits, oui, il y a des faits, regarde les faits! C'est ce qui compte, non? Après, tout va s'éclairer naturellement... Allons, fais le résumé, fais la liste... Suis-la, oui, suis la chronologie... Sois comme qui dirait rationnel, Salma! C'est si simple: tu n'as qu'à énumérer les faits! Un petit problème de mathématiques... Donc, les bruits... »

Salma se frottait vigoureusement les mains. Il se parlait fort, très fort. Mais ses idées étaient si molles qu'elles se mettaient à glisser pour un rien. Un rien le ramenait aux bruits, un rien le ramenait à son cœur qui s'était mis à battre comme un fou cette nuit. Ses idées vacillaient ; toutes sortes d'hypothèses se mettaient à chevaucher ; il imaginait le pire. Il pressait ses tempes, il serrait ses doigts, il parlait fort, il n'allait pas perdre l'équilibre, il allait tenir le coup, il n'allait pas se laisser engloutir.

« Donc, les bruits, ils sont apparus il y a deux mois. Oui, il y a deux mois, à quatre heures du matin. Je dormais. À quoi j'ai pensé alors ? Je n'ai pas pensé beaucoup, non, pas du tout en fait ! Je n'ai pensé à rien. Je me suis vite rendormi. Au matin, il a bien fallu que je m'explique les faits, oui, il fallait et je me suis dit, c'est ça, je me suis dit que les locataires du dessous, de nouveaux arrivés, étaient probablement des originaux et qu'il leur avait pris fantaisie de déménager des meubles à cette heure-là. J'avais déjà fait la même chose dans le passé, pourquoi pas eux ? Et ça m'avait amusé, oui, je me souviens, j'avais ri, bien ri en pensant à ce temps-là... »

Ses yeux fouillaient maintenant passionnément le banc qui se trouvait devant lui. Salma voulait soudain tout savoir de la construction de ce banc. Quelle sorte de bois est utilisée ? Qui les construit ? Qui en fait le dessin ? Où le Service des parcs les entrepose-t-il en hiver ? Les questions pullulaient. Il imaginait même un hôpital pour les bancs estropiés. N'importe quoi pour oublier cette nuit ! Quelqu'un avait peut-être dormi sur ce banc la nuit passée... Il se rappelait la nuit d'été où il avait dormi dans un cimetière du Maine. Le matin, Muriel avait trouvé le robinet et le boyau que le jardinier utilisait pour arroser le gazon... Et ils avaient pris une douche entre les pierres tombales... La petite église dormait encore sagement dans sa blancheur. Ils se disaient qu'ils étaient sur une autre planète, que leur campement était préhistorique, toutes sortes de folies et longtemps ils avaient ri en s'embrassant. Puis, il avait trouvé des fleurs encore fraîches sur une tombe et avait fait une grande ceinture rose pour Muriel, pour le petit ventre de Muriel... C'était si loin tout ça... Mais eux, les bruits, ils étaient là, dans son oreille, comme la chanson d'une radio qui remplit une chambre à ras bord l'été. Au loin, de l'autre côté de l'épaisse clôture d'arbres, c'était les autos qu'il entendait, les autos qui roulaient vers le jour, le travail, les bureaux éclairés au néon, les patrons pleins de leur importance comme de gros chats de plâtre... Et ces maudits bruits qui venaient lui ruiner son matin comme un mal de tête!

« Salma, Salma, ne glisse pas tout le temps, il faut que tu continues la liste, la liste des événements... Ah! j'me sens tellement ridicule! Faire une liste, faire une liste! Aussi bien jouer au détective dans les films... Tout ça pendant que le ciel éclate de lumière, là, oui, pendant que je me trouve dans un grand bouquet vert à moi tout seul... Une liste!... Bon, s'il le faut! C'est ça, les bruits, oui, ils sont revenus... Quelques semaines plus tard, il devait être environ cinq heures du matin, oui, c'est ça cinq heures du matin... J'avais quitté Gaby une heure plus tôt; elle dormait comme un ange...

J'étais au lit. Je lisais le journal. Avant tout le monde. J'aime ça être un des premiers en ville à lire le journal... C'est alors qu'ils sont revenus, les bruits. Cette fois-là, impossible de les prendre pour des meubles qu'on traîne par terre ou pour des bruits de... C'était une dispute. Clair comme de l'eau de roche! Sur le coup, je m'en souviens, je m'étais senti agacé. Et puis, je m'étais dit que je n'y pouvais rien, que... et à la fin, je m'étais endormi. Sans faire plus de façons. Le lendemain matin, je m'étais dit, ouais je m'étais dit qu'après tout, c'était tout à fait normal, ça, une dispute... Tous les couples se chamaillent! Et puis, ils ne pouvaient tout de même pas choisir une heure qui ferait mon affaire à moi... Et ça s'était effacé... »

C'est Gaby qui flottait maintenant devant ses yeux...

« Ah! t'es un beau drapeau rose, ma Gaby, ma petite femme... Ma pomme... Plus douce que Muriel, mais aussi passionnée... Et cette façon que tu as de m'ignorer de temps en temps, comme si... C'est vrai, des disputes, Muriel et moi, on en a eu... La dernière, ma rage... Non! Laisse ça, Salma, touche pas!... Mais pourquoi donc qu'ils font disparaître tous les kiosques à musique des parcs de la ville?... Ses yeux tout... Non! Non! Non!... Salma!... Peut-être parce que plus personne veut faire partie des fanfares... Mon frère Jean-Paul, dans son habit de garde paroissiale... Et puis sa trompette brillante comme... Il la gardait sous son lit pour pas qu'on joue avec... Ah! Muriel, ton visage tout... Ma main comme un coup de vent... Non! Salma... Tout ça, c'est mort... Tes fantômes, tu les as enterrés... Laisse-les là où ils sont! C'est pas aujourd'hui que tu vas te mettre à les faire revivre, ceux-là! Tiens! là, un beau rond-point tout rouge! Ils plantent des géraniums parce que ces fleurs-là ont la vie dure... On les voit dresser la tête septembre passé... Continue Salma! Les faits... Finis-en!... »

« Donc, c'était revenu, je veux dire ils étaient revenus et puis... Oui, mais oui, c'est ça, tout s'est mis à... Ils sont revenus et revenus encore... les maudits! Les disputes éclataient chaque semaine, toujours aux petites heures du matin. Je ne souriais plus, je n'avais plus aucune sympathie pour leurs problèmes... J'ai bien failli, un matin, aller voir le concierge mais je trouvais ça un peu... Embarrassant? Oui, c'est ça, embarrassant, je suppose. Une nuit j'ai même frappé le plancher avec le balai! Ça n'a rien donné sauf que j'me suis senti comme un p'tit vieux peureux. Les bruits, ils étaient plus clairs d'une fois à l'autre... Si clairs que je ne pouvais plus me rendormir. Mais cette nuit-ci, oui, cette fois, je suis certain d'avoir entendu quelque chose comme des coups, oui, des claques épaisses... Plus seulement des pleurs, plus seulement des cris... Des gémissements? C'est le mot, je suppose. Je ne suis pas sûr de ce que ce mot-là veut dire au juste mais c'était comme si... Bon, je recommence à dérailler... Tonio me le dit souvent: « Trop nerveux, Salma, trop sensible... » Il a peut-être bien raison, après tout, le vieux radoteux!... Oui, je m'énerve pour... Les bruits, si je cesse d'y penser, ouais, si je cesse d'y penser, ils vont s'en aller! Ils vont cesser de me déranger... Ouais, bien sûr, c'est moi qui leur donne le pouvoir de me déranger comme ça!... Et puis ça fait lever toute cette vieille poussière... J'ai pas besoin de ça! J'suis trop heureux maintenant! Oui, trop heureux! Ça m'a pris assez de temps pour sortir de mon trou! Je vais pas replonger la tête la première dans un autre! Non! C'est assez! Les bruits, on n'en parle plus! C'est pas mon affaire, c'est pas mon affaire!... Et s'ils revenaient? Je n'ai qu'à me boucher les oreilles ou à sacrer mon camp!... J'aurais jamais cru... Fini! Huit heures, huit heures, oui, Duplex est sûrement déjà à l'atelier... »

Salma pressa le pas. Tout son corps se balançait et ses bras ballants dessinaient de grandes figures dans l'air. Comme quelqu'un qui vient tout juste de se débarrasser d'une valise encombrante. Ou comme quelqu'un qui fuit une ombre...

Puis, comme un enfant, il se mit à sauter sur place. Ses bras battaient l'air. Et il se mit à crier, à lancer des mots qu'il aimait, mais avec tant de force que des dizaines de pigeons quittèrent alors leur repaire et formèrent au-dessus de lui un petit nuage qui le suivit quelques instants...

# 6

Aussitôt la porte ouverte, une tache soyeuse s'était envolée vers un vieux récamier.

Là, un incessant papillotage d'ongles rouges fermait, dépliait, ouvrait puis dépliait encore un magnifique kimono jaune semé de fleurs tourmentées. Quand le vêtement fut enfin devenu le grand éventail de chrysanthèmes désiré, la femme desserra les lèvres, leva la tête et posa un long regard sur son invité. Le monde pouvait exister : Madame T. était prête.

— Salma, je n'irai pas par quatre chemins ! Elle est là. Elle rampe. Elle est partout à la fois... La scélérate veut ma peau ! Elle me tient à la gorge ! Vous me comprenez, n'est-ce pas ? Elle ronge mes pauvres forces... Si seulement il n'y avait que l'angoisse à s'acharner ainsi contre moi ! Mais les courants d'air de la solitude me pressent de tous côtés... Ils n'attendent que le moment propice pour me faire tomber ! Et ce n'est pas tout, Salma, ce n'est pas tout ! Il y a ces menaces odieuses, tous ces visages macabres qui me guettent du coin de l'œil, le matin, avant même que j'aie eu le temps de démaquiller mes pauvres yeux de la nuit... Ça devient absolument intolérable! Combien de temps vais-je tenir? Combien de temps encore?...

Madame T. semblait répéter ces derniers mots pour elle-même. Elle regardait dans ses doigts levés si le miroir rouge des ongles ne répondrait pas, tout à coup, à la brûlante question que ses lèvres remuaient chaque matin comme un chagrin familier...

— Heureusement, oui, heureusement que le ciel, dans son insondable bonté, vous envoie vers moi chaque jour! Ah! mon grand ange, que je souffre, que je souffre!

Elle ferma alors les yeux aussi lentement que s'ils avaient été un précieux et fragile coffret. C'était, pour Salma, le signal qu'il pouvait maintenant épancher sa jeune âme en baisant la main qu'elle lui tendait langoureusement. Après quelques secondes, elle dressa la crête émaillée de ses doigts et Salma regagna son fauteuil. Ses yeux à elle restèrent clos encore quelques minutes.

Pour Salma, cette femme était ni plus ni moins qu'un volcan dans la plaine de sa vie. Une folie vue et approuvée. Depuis quelques années déjà il participait ainsi à l'étrange ballet de leur rencontre quotidienne. Il le faisait comme d'autres se plient aux impératifs d'un culte mystérieux. Sa complicité tout autant que son abandon à cette petite chorégraphie lui procurait un plaisir intarissable. L'extravagance de son amie fortifiait ses rêves. Sa coquetterie ne cessait de le ravir.

— Il m'est venu, cette nuit, un songe extraordinaire! Je vais vous en faire le récit...

Lorsqu'elle allait raconter une histoire, un rêve, un fait, un souvenir, quatre genres où elle excellait, Madame T. se métamorphosait. Elle abandonnait son costume de femme assujettie aux forces de la nuit et glissait, avec quelle aisance! dans celui d'interprète de cette même nuit. Elle rejetait tout d'abord sa tête déplumée bien en arrière. Puis, elle couvrait lentement ses yeux de sa main droite tendue comme un précieux bandeau de lézard usé. Au rythme d'une respiration souverainement longue, ses yeux se démasquaient et livraient la fixité de leur éclat. Les plis de son visage se figeaient dans l'énigme d'un masque antique. On aurait dit une récitaliste sur le point de chanter quelque obscur et resplendissant poème dans une salle blanche et or...

Ces instants exerçaient sur Salma une fascination si grande que chaque fois il se sentait pris d'une espèce de vertige. Tout comme dans son enfance, quand le chant sec du glas le faisait courir à l'église pour y voir le solennel équipage de la mort lever pour lui un coin de ce monde inconnu que certains appellent l'éternité... Ses mains étaient jointes. Le misérable petit appartement s'élargissait curieusement aux dimensions mêmes de l'univers.

— Il y avait de l'eau. Beaucoup d'eau. Une eau vive, impatiente de se perdre dans la mer. J'étais assise sur un immense rocher. Du granit. Quelle merveille que ce rocher! Le rose et le gris, comme frère et sœur qui jouent, se disputaient âprement les cristaux... Le fleuve, lui, courait devant moi comme un fou. Je pouvais voir clairement les fouets du vent le creuser de longs sillons... J'étais absolument seule dans ce paysage de bout du monde. Mais je n'avais pas froid. Je me sentais enveloppée par... Étrangement, je me sentais tout à fait sereine... Soudain, un de ces coups de théâtre si parfaitement naturels dans les rêves: un objet immense surgit des vagues. Un objet absolument saisissant! Je fus aveuglée pendant quelques instants... Tout doucement, mes yeux s'habituèrent à l'intensité de cette lumière. Je devinais des formes, des boules, de grands globes où l'indicible clarté venait éclater en mille morceaux comme un miroir qui se brise... Tout à fait sensationnel, Salma, tout à fait sensationnel! Je crus un instant qu'il s'agissait des phares de quelque char marin... Mais non, impossible! Je n'étais pas devant la mer, je me trouvais bel et bien devant un fleuve, dans la solitude d'un pays nordique. Les arbres avaient tous cette allure déchirante d'esclaves rachitiques fouettés par des vents impitoyables venant sans doute du Pôle... La forme lumineuse se hissa lentement hors de l'eau. Mes yeux pouvaient maintenant la suivre sans difficulté. Je vis alors clairement que ces objets que j'avais pris pour des phares étaient en fait deux pierres. Deux pierres gigantesques que cet être, oui, je dis bien cet être, portait aux poings! Ah! j'en frémis encore! C'était un géant! Un géant, Salma ! Une bête de lumière ! Son corps, nu, rebondissait de muscles bleus, cuivrés, palpitants ! On aurait dit une cuirasse étoilée... J'en tremble encore rien que d'y penser ! Tant de beauté ! Une force titanesque conjuguée à, à l'aisance d'un danseur, tiens ! Quel être, Salma, quel être !... Son visage m'était cependant invisible. Seule sa force, seuls ses poings me frappaient sans pourtant, c'est étrange, sans m'effrayer le moins du monde... Vu de plus près, ce corps fabuleux avait toutes les apparences d'une vieille et solide écorce d'arbre... Ce géant, cet arbre-poisson s'avança alors avec la lenteur et la grâce, oui je dis bien la grâce, d'un parachute qui se déplie... À la fin, il s'immobilisa sur un long rocher plat qui faisait surface à la façon d'un îlot. Là, le magnifique tronc s'étendit lentement au milieu de craquements formidables... Je ne voyais toujours pas son visage. Mais, Salma, je vis ses yeux. Ses yeux ! Des yeux semblables, tiens ! ici vous me comprendrez bien, des yeux pareils à des nœuds de pin bien doré... Deux immenses cercles de cristal plus brillants encore que les pierres qui ornaient ses poings. J'aurais juré à ce moment-là que tous les yeux de tous les animaux de la terre s'étaient donné rendez-vous dans ces yeux-là !... Ses yeux, donc, se muèrent en espèces de rayons lumineux... Et ces rayons, à leur tour, formèrent un puissant faisceau comme ceux qui balaient le ciel de nos villes la nuit. Je tremblais autant d'excitation que de peur !... Et quelle ne fut pas ma surprise de voir ce jet lumineux s'arrêter sur une toute petite épinette tourmentée et triste ! Je voyais distinctement ses racines ramper héroïquement à même le rocher, un peu, voyez-vous, comme les veines se plaisent à courir sur mes vieilles mains... Évidemment, le géant ne fit qu'une bouchée du pauvre arbre ! L'épinette s'abandonna cependant aux sapements de ce feu avec des crépitements d'amoureuse... Ah ! j'en suis encore toute remuée... Satisfait, le géant se dressa, encore plus lumineux qu'avant et se mit à lancer dans l'air des milliers d'étincelles. Les tisons éclataient un à un comme des feux d'artifice. Des gerbes sanguinolentes et des fleurs hallucinantes faisaient rougeoyer l'espace ! C'était, c'était... non, Salma, les mots ne pourraient jamais... Et puis, dans ce grand jardin de feu, je reconnus distinctement le profil de deux Indiens enlacés comme des rubans rouges...

Madame T. joignit alors les mains avec tant de force qu'elle semblait implorer le ciel de lui donner la force nécessaire pour continuer à vivre...

— Qu'est-ce que vous en pensez, mon enfant ?

Cette question n'en était pas une. C'était plutôt une mise en garde, une mesure de protection vis-à-vis certains excès, certains élans dus à la jeunesse de son ami... Car rien ne l'aurait agacée autant que des commentaires, soit sur son récit, soit sur son interprétation. Elle croyait fermement que l'un et l'autre se suffisaient. Toutes les critiques, particulièrement les louangeuses, l'exacerbaient. Elle n'affectait pas seulement les manies d'une diva mais encore en avait-elle tous les tranchants caprices... Au fil des ans, les deux amis avaient donc dû mettre au point un code de communication, une espèce d'étiquette de l'absurde farcie de petites phrases garde-fous comme celle-là.

— Mon cher ami, dites-moi, comment se portent les petites fées dont vous me parliez hier ?

— Oh ! elles prennent bien du temps à naître... C'est étrange, elles sont là, je les vois assez clairement en moi, mais je n'arrive pas à les saisir. Les visages se refusent, ils glissent... Ou bien ce qui me vient sous les doigts est trop doux ou bien alors trop fade... Je continue de chercher. Ça ne saurait tarder...

— Mais mon cher Salma, c'est là l'aventure dont parlent tous les livres ! Vous êtes un poète et les poètes passent leur vie à chercher des visages. Et les visages, les véritables visages se tiennent dans les profondeurs, tout comme les poissons les plus lumineux... Ils se nourrissent aussi bien des nuages bas et fâchés que des cils roses du levant ! Il ne faut pas perdre courage ! Croyez-moi, mon cher grand enfant, vous passerez votre vie à chercher des visages... Et voilà pourquoi vous m'êtes si précieux. Je sais que je peux faire route avec vous, vous entretenir de ces signes que la nuit m'envoie, vous raconter ce que les mots se disent en moi quand je les laisse jouer librement... Je suis une vieille femme, je suis un peu folle, non ! non ! ne protestez pas... Je m'entends délirer, vous savez, je m'entends... Mais vous rendez mon voyage si doux, presque supportable... Venez, venez que j'embrasse votre grand front!

Salma vint s'agenouiller devant le récamier et offrit sa tête en broussaille aux petites mains écarlates. Il sentit aussitôt sur son front un bruissement parfumé auquel elle coupa bientôt court par l'inévitable question: « Plus de café, Salma ? »

Cette petite phrase tenait, elle aussi, de leur code. Madame T. avait un jour fait comprendre à son ami, dans l'un de ses récits, qu'elle avait beaucoup souffert à cause de sa trop grande tendresse... Elle avait même utilisé, Salma s'en souvenait encore en souriant, le mot « disponible », plus moderne avait-elle noté, pour s'assurer que Salma saisisse bien la teneur de son message. Et elle avait fait suivre cette amère confidence de la désormais célèbre tirade: « Plus de café, Salma ? »

En pratique, cela commandait que Salma se lève, se rende à la cuisinette et prépare le café. Mais ça laissait surtout entendre, d'autre part, que Madame T. sentait le besoin de reprendre son souffle sinon ses esprits.

Ce jour-là, tout le temps qu'ils prirent le café, Salma n'arrivait pas à se concentrer sur ce que son amie lui racontait. La tête lui bourdonnait comme une musique qui se serait cherché un corps. Depuis hier, les bruits étaient revenus, sournoisement, ralentir ses mains. Il avait même dû les menacer de sa gouge un moment donné. Il s'était senti troublé de voir son bras levé et son cœur qui, lui, battait à tue-tête...

Lorsqu'il embrassa le front de Madame T. en la quittant, celle-ci ne fut pas sans remarquer le pli qui se dessinait plus profondément que de coutume entre les sourcils de son ami. Ce petit pli ouvrit dans le reste de sa journée une sombre fissure. Sa tendresse pour Salma était immense.

# 7

— Oui, Salma, des bonbons, ils nous en ont donné depuis trente ans! Ça, je peux pas le nier! Les bébés se sont mis à arriver par pleins camions, les petits champs maigres on les a plantés de bungalows, les pauvres, eux, ont pris le chemin de l'université... Un monde nouveau! Hourrah! Vive la démocratie! Vive le progrès!... Mais regarde un peu autour de toi, Salma, regarde-moi ça! Les fermiers qui survivent sont des entrepreneurs qui font plus de comptabilité que de labours!... La marche? Activité préhistorique! Puis les ouvriers ne peuvent même plus siffler en s'en allant au travail: ils sont coincés comme du bétail de luxe dans une grosse Ford qui fait péter sa radio! J'te le dis, moi, tout ça, c'était prévu! Au millimètre près... Et ce n'est que la pointe de l'iceberg, ce n'est que la pointe! Et ce qu'ils font maintenant? Ils nous affament, tout doucement, sournoisement... Ils n'iraient jamais nous enlever les patates de nos assiettes, non, ça c'est trop brutal, ça va contre la loi numéro 287 ou A-46 ou contre l'article 67a de la grande charte de nos droits! Ils opèrent en toute légalité, ces cochons-là! Ils connaissent leur affaire, ces messieurs! On ne conduit pas l'humanité à sa perte sans tout d'abord éprouver ses moyens... Le piège doit être efficace mais, également, honorable...

Tonio remua vite les lèvres de satisfaction, le temps de reprendre son souffle.

— Bien, ils l'ont trouvé le piège idéal! Ils l'ont trouvé... Tu vois, Salma, ils nous en ont tellement donné toutes sortes de nanans depuis la guerre, on est si gras maintenant, qu'on ne peut plus bouger! On est pris comme un troupeau de grosses vaches abruties au milieu de notre fameuse vallée d'abondance, pas capables de lever la patte... Ils nous tiennent, ces messieurs, ils nous tiennent bien!

Salma trouva que son ami Tonio se portait bien. Il lui rabâchait, comme chaque semaine, et mot pour mot, l'un de ses sujets de prédilection. Quand il s'interrompait, c'était pour se replonger avec ferveur dans son assiette... Tout allait donc le mieux du monde.

— Toi, par exemple, tu consacres tes journées à travailler de tes mains, tu donnes le meilleur de ta vie afin de faire sortir du bois de véritables jouets, pas des bébelles de caoutchouc faites à Hong Kong puis vendues à grand profit par les Américains. Et comment est-ce que la société te traite? Comme un esclave, Salma, comme un vrai cave! Tu n'existes tout simplement pas pour le monde de la consommation illimitée... Tu n'as pas de syndicat? Quoi? Comment voudrais-tu qu'on te prenne au sérieux? Voilà donc que t'es forcé de travailler et de vivre dans le même endroit, t'as toujours les mêmes niques sur le dos, tu vas jamais en vacances... Tout à fait comme moi! Moi pis mes violons... Qui est-ce qui se soucie d'un vieux fou qui fait des violons depuis quarante ans et presquement dans la clandestinité? Je suis encore bien chanceux que ces messieurs des offices de planification sociale ou de je ne sais plus trop quoi, me laissent encore travailler dans ma remise!

Tonio mettait maintenant tant de sérieux dans son visage que Salma, s'il ne l'avait pas connu, aurait pu croire qu'il ne s'agissait peut-être pas, après tout, d'un petit exercice oratoire...

— Mais toi, Salma, mais toi, t'es jeune encore! Laisse-toi pas faire sinon tu vas finir comme moi: pauvre et puis tout seul comme un rat!

— Ben voyons donc, Tonio, t'es pas tout seul et puis, ils t'ont toujours laissé faire ce que tu voulais, non?

Salma regretta un instant d'être sorti de sa torpeur. Sa question allait ouvrir une écluse dont il ne connaissait que trop bien le flot...

— Oui, oui, ils m'ont laissé faire, mais c'est parce que j'ai la tête dure comme du marbre, moi!...

Et Tonio se remit à remuer les lèvres bruyamment comme s'il cherchait sur celles-ci l'enregistrement de ce qui devait suivre.

— Ça s'est pas fait facilement, j'ai dû me battre, moi! Quand ils sont venus nous chercher en Italie, ils étaient tout feu tout flamme... Allez! Quittez vos tours! Quittez vos vieilles villes! qu'ils nous chantaient... Un pays vous attend... Dans l'éblouissement de mes vingt ans, j'ai pris le bateau pour ce que je croyais être la vie! Oh! Salma, ce jour-là, ce jour-là! Je venais tout juste de débarquer, je touchais la terre de mes rêves... C'était un matin de novembre tout bleu, un matin magnifique... Dans le bureau du Service d'immigration, ils m'attendaient avec le poignard de l'humiliation. «Luthier?» que les deux préposés se sont mis à mâcher dans leurs grasses bouches, comme si c'était du pain à sandwich... «Luthier, que c'est ça?... Pas besoin! La voirie, peut-être, s'il reste d'la place...» Et puis la longue traversée d'un bureau vitré à un autre bureau vitré, le ventre qui me criait, mes rêves qui fondaient comme de la neige, mon cœur qui... Puis, au bout de deux, trois jours, la faveur qu'on me faisait de me laisser monter à l'arrière de la charrue d'un monde nouveau avec une pelletée de sable sous le bras... Ah! Salma... Puis, le soir, je rentrais si épuisé dans ma petite chambre!... J'avais tout juste la force de caresser mes outils, les fins outils de mon père, le soir, avant de m'endormir dans la petite chambre où seul le calorifère chantait tout l'hiver... Une si petite chambre... Et je me suis entêté à rester, à croire à mon rêve jusqu'au matin où j'en ai eu assez et que j'ai voulu retourner en Italie. Mais, mais alors, c'était trop tard... Déraciné, oui j'étais déraciné... Et puis, il faut bien que je l'avoue, ouais, j'étais devenu amoureux du ciel d'ici, de la solitude, de la grande liberté...

Ses lèvres se serrèrent comme s'il regrettait cet aveu pourtant répété semaine après semaine...

— Bien sûr, j'ai survécu. J'ai pu les faire, mes violons, mais je me suis serré la ceinture... Penses-y un peu, toi, Salma... Tu vas te retrouver tout seul comme moi, tu vas finir comme moi : un vieux fou qui radote la même histoire à tout venant...

Mais Salma n'entendait plus ce que Tonio lui racontait. Il n'avait qu'une envie : lui parler. De ce qui le troublait. Depuis qu'il était arrivé que ça lui tournait dans la tête mais il n'arrivait pas à engrener... Et maintenant que le silence ouvrait enfin une belle éclaircie, les mots se tenaient dans sa bouche comme des parachutistes apeurés...

— Est-ce qu'il y a quelque chose qui te fait des grimaces dans le fond de ton assiette, là, Salma ?

— Hein, quoi, Tonio ?

— Ben oui, tu tournailles tes spaghetti depuis dix minutes, il doit bien y avoir quelque chose qui te... tracasse. Une femme, je parierais, c'est une femme !

— Non, non, ça n'a jamais été aussi bien de ma vie de ce côté-là...

— Serais-tu malade ? D'une façon ou d'une autre, tu sais, tu peux m'en parler, il faut pas que tu te gênes avec moi...

— Je suis pas malade... Non. Mais, mais il y a des bruits, la nuit, des bruits qui m'énervent sans bon sens...

— Ah! c'est elle, c'est elle! L'insomnie... La première attaque, c'est joliment dur!... C'est pire que la mort, surtout quand t'as personne à côté de toi, personne à qui parler... J'me souviens encore de ma première attaque à moi... J'avais ton âge, tiens!... Toute une semaine, une longue semaine sans pouvoir fermer l'œil. J'ouvrais un livre. Je le laissais. Je marchais. J'ouvrais la radio. Je me couchais. Puis je commençais à écrire une lettre; le stylo refusait de bouger. Je recommençais à marcher. Je jouais un peu de violon. Puis le lit: tourne, retourne et tourne encore... Et le livre, puis la radio, puis la lettre et à la fin, les draps humides... Un enfer! J'pensais devenir fou... J'étais si seul. Rien ne pouvait me calmer. J'avais une peur bleue. Je tremblais. J'pouvais plus rien avaler... Écoute, j'étais si perdu que j'ai fini par aller dans une église... Et là, j'me suis enfermé dans un confessionnal. Puis, dans le noir, j'me suis mis à pleurer et j'ai raconté à un inconnu que je ne pouvais plus dormir. J'pleurais à chaudes larmes... Heureusement pour moi, ce prêtre-là était bon comme du pain! Il m'a amené dans son presbytère, il m'a fait du café, on a joué aux échecs... Quand je suis rentré dans mon clapier, j'avais le cœur bien moins gros. Et puis, comme les saisons se suivent, le sommeil, lui aussi, m'est revenu... Mais tu sais, Salma, t'es pas un homme tant que t'as pas traversé ce désert-là, crois-moi! C'est comme ta première vraie peine d'amour, ça, ta première longue insomnie!

— Écoute, Tonio, c'est pas ça... C'est pas l'insomnie. C'est autre chose, ces bruits-là, oui, autre chose...

— Mais quelle sorte de bruits c'est?

— Des bruits qui arrivent toujours la nuit... de... l'appartement du dessous... C'est des cris, des coups... Tu sais, des pleurs, des lamentations...

Tonio remuait les lèvres très vite comme s'il voulait avaler quelque chose qui lui brûlait la bouche. Il se mit alors à parler avec une grande douceur.

— Crois-moi, crois-moi, c'est elle... C'est un de ses visages, c'est un de ses mirages... L'insomnie, c'est comme une femme. Son visage change... Elle sourit puis, soudain, elle se met à grimacer! Elle est exubérante et crac! la voilà qui gémit... Rien ne l'arrête quand elle veut quelqu'un dans ses filets! Tu dois bien penser que je perds la tête, hein? Mais fais-moi confiance, Salma! Elle est plus rusée que le diable. Je la connais. Elle peut inventer toutes sortes de bruits, toutes sortes de sortilèges pour t'avoir... Mais ça va passer... Tu vas lui tenir tête, mon gars, tu vas lui montrer que tu l'as reconnue, hein, Salma?

— Oui, oui... Tu dois avoir raison... Ça va passer... Et puis, je suis fou de faire tant de cas de ces bruits-là... Ah! je suppose que je file un mauvais coton, c'est tout...

— Oui, peut-être que t'es un peu surmené... Ça doit être une période que tu traverses, une période grise... On passe par toutes sortes de cycles, nous, les humains... Il faut être patient... Le changement te ferait du bien, tiens ! Peut-être un p'tit voyage... Ou bien, si ça te tente, viens passer quelques jours ici... Changement de lieux... Et puis tu pourrais travailler avec moi. Je suis certain que tu ne tarderais pas à devenir un luthier, là, toi ! T'as des doigts habitués au bois et surtout, surtout tu respectes le temps ! T'as vraiment tous les atouts ! T'es un brave, mon gars, tu vas la vaincre la maudite face laide avec ses bruits pis ses grelots ! J'ai pas peur...

# 8

— Mais, Salma, ces petits personnages auront raison de vous ! De jour en jour, je vois vos yeux se creuser ! De grâce, prenez soin de votre visage d'ange ! Ne riez pas, Salma ! Je vous imagine souvent tout en blanc, votre grand corps debout près du trône de gloire et vos pieds à demi voilés par un nuage d'hydrangées en fleur... J'ai de ces idées de vieille folle, n'est-ce pas ? C'est que, voyez-vous, Salma, j'ai toujours été horrifiée et ça, depuis mon enfance, par les images qu'on nous sert des anges... Quelle horreur ! Des femmelettes, des êtres mièvres, des têtes mielleuses !... Moi, je veux mes anges avec des têtes osseuses comme la vôtre, Salma, avec des corps d'hommes, que diable !

Madame T. avait mis dans son discours tant d'exaltation qu'elle se trouvait une fois de plus hors d'haleine. Elle avait, comme ça, des milliers de haines, de dégoûts, de points de vue et d'opinions qui la faisaient chaque jour lever la voix et les bras avec tant de virulence que Salma craignait quelquefois qu'elle ne s'évanouisse sur son récamier...

— Non, non, ce ne sont pas vraiment mes miniatures qui...

— Ah! Salma, vous mettez trop de force à vous défendre! Je sais qu'il vous est très difficile de reconnaître que ces chères petites merveilles puissent gruger votre vie de cette façon... Vous les aimez passionnément... Et je sais ce que c'est que cette satanée passion qui vous vide... Ah! l'amour, l'amour, ça vous métamorphose en épave, oui je dis bien en épave que le moindre courant menace d'emporter... Salma, l'amour, toutes les amours sont des ma-la-dies! Ni plus ni moins... Mais l'homme n'est heureux, semble-t-il, que lorsqu'il se laisse dévorer par ce cancer implacable... Quel destin que le nôtre, Salma, quel destin!... Heureusement que vous êtes là, chaque jour... À vous et à vous seulement, je peux soulever le rideau, un coin du rideau sur ma pauvre vieille âme. Croyez-moi, votre présence sait apaiser mes tourments...

Salma se leva alors et alla baiser la main de son amie. Le mot « tourment » appelait généralement une marque d'affection ou plutôt une « preuve d'amitié », comme elle appelait ces façons. La débauche d'imagination de Madame T. n'arrivait cependant pas à chasser la vision que Salma avait depuis son réveil. Et plus ses sens s'éveillaient, plus il sentait grouiller en lui une inquiétude grimaçante que les propos exaltés de son amie ne faisaient que fortifier...

— Ah! mais bien sûr que ce sont elles! J'en ai maintenant la certitude absolue! Elles, les petites fées, évidemment! Elles vous dévorent vivant, mon pauvre grand homme! Elles ne veulent pas vous donner le secret de leurs... yeux, c'est bien ça, n'est-ce pas? Ah! les yeux sont un bien grand mystère, mais des yeux de fée, c'est bien assez pour que vous y perdiez toutes vos plumes!

— Non, non, les yeux des petites fées sont presque là, ils sont maintenant très clairs, tout juste, peut-être, le bleu à adoucir chez l'une d'elles...

— Que je suis heureuse! Ça me préoccupait tellement, vous savez, les yeux de nos petites fées! Je savais que vous les cherchiez partout dans votre mémoire mais qu'ils se refusaient obstinément... Ah! je suis ravie, mon petit géant! Mais alors, qu'est-ce qui peut bien vous creuser le visage ainsi?... Ah! je sais, je sais! Comment n'y ai-je pas pensé avant? Que je suis sotte! Que je suis étourdie! Mais bien sûr, bien sûr, elles ont déjà commencé à lutter les unes contre les autres. À peine ébauchées et les voilà qui en viennent aux mains! Quelle misère! Mais, Salma, il vous faut comprendre ceci: ces petites fées sont des femmes et des femmes de rêve... Donc, bien sûr, les étincelles ne peuvent que se multiplier!... Et je mettrais ma main au feu qu'elles vous causent toutes sortes d'ennuis... Ah! je les vois d'ici vous forçant à prendre parti, à choisir celle qui... Les petites ingrates! Vous leur donnez la vie et elles veulent vous arracher la vôtre en retour! Tout à fait comme les enfants... Maintenant que je suis vieille, je comprends tellement bien les paroles de ma mère: « Tu m'uses, tu m'uses, mon enfant... » qu'elle me disait souvent avec dans les yeux une détresse... Et moi, petite idiote, je riais en tapinois... Petite sotte, va! Salma, une seule attitude possible pour vous: soyez ferme, soyez ferme!

Lorsqu'il vit Madame T. dresser ses longs doigts devant son visage comme une frêle grille, Salma sut qu'il pouvait parler à son tour. Elle était prête à l'entendre.

— J'ai eu la nuit passée un rêve qui me trouble. Le genre de rêve qui ne veut pas partir le matin... qui s'accroche... et je ne sais pas trop bien...

Salma était troublé. Les muscles de son visage étaient même si tendus qu'il se demandait s'il parviendrait à parler. Il fit une longue pause. Madame T. se tenait toujours immobile, le visage à peine visible comme celui d'une moniale au parloir.

— Ça se passait dans mon enfance... Là-bas, dans le vieux logement... La cuisine: si sombre! La longue table était couverte du tapis ciré tout fleuri, vous savez, et puis... J'étais enfant, six ou sept ans peut-être, et j'avais le cœur gros... Je cherchais ma mère, je... l'appelais, j'étais très inquiet... Et pas de réponse. Ma bouche goûtait le sel... Jamais de réponse... Une peur d'enfant, sans doute, ça devait être ça. Une de ces peines qui prend toute la place... Ma mère n'était pas dans la cuisine. Si elle n'était pas dans la cuisine, où donc pouvait-elle être? C'est toujours là qu'elle se trouvait. Et je recommençais à pleurer de plus belle. Je me souviens d'avoir regardé longtemps à la fenêtre mais c'était tout noir. Et mes larmes redoublèrent... Puis je suis allé me cacher. Sous la table. C'est toujours là que j'allais me cacher quand j'étais triste ou bien quand j'étais trop heureux... C'était ma maison à moi, mon petit paradis, je suppose... La grande forêt que faisaient les pattes des chaises me plaisait plus que tout au monde!... Et le grand chapiteau de la table, comme une tente faite juste pour moi!... Et là, soudain, je me suis mis à entendre des voix. Mon père et ma mère... Je voyais leurs pieds. Ils parlaient très fort. Je ne comprenais rien... Mais ils parlaient si fort, si fort! Je ne pleurais plus, je tremblais maintenant... Et les voix qui continuaient de monter, et les mots qui devenaient de plus en plus pointus. Je n'entendis bientôt que la voix de mon père. Une voix rauque. Ma mère maintenant était muette. Et puis, plus de mots. Seulement des bruits, des coups! Mon père frappait maman à tour de bras. Les longues claques sèches résonnaient plus fort que le tic tac de l'horloge sur la tablette... Ma mère était maintenant à genoux. Elle devait le supplier. Ma colère montait mais, mais, je ne pouvais plus bouger: j'étais collé au plancher! Je voulais ramper, je poussais les pattes des chaises, rien à faire... Alors ma mère s'est affaissée. Ses yeux tuméfiés me regardaient, sa bouche murmurait des mots que je n'entendais pas et moi, j'étais là collé au plancher, incapable même de la toucher, incapable de faire sortir un seul son de ma gorge!... Je me suis réveillé en pleurs avec dans la tête la petite silhouette couchée sur le prélart, le vieux prélart aux rectangles jaunes tout effacés...

Madame T., lentement, détacha les doigts de son visage et dit presque avec désinvolture: « Plus de café, Salma? »

Comme un somnambule, Salma se dirigea vers la cuisinette, trop heureux de se retrouver seul. Plus léger tout à coup. Surpris d'avoir craché son rêve aussi facilement... Mais sa tête était vide, si vide maintenant. Il mit toutes ses énergies à regarder bouillir l'eau dans la petite casserole ouverte comme un cratère. Les premiers frémissements apparaissaient déjà à la surface. Puis, comme des furies qui voudraient quitter les fonds marins, les premiers bouillonnements en spirales éclatèrent comme des chrysanthèmes qui friseraient et défriseraient leurs pétales... La petite musique heureuse des tasses et des cuillers. L'odeur captivante du café. La vie. La vie bougeait dans ses yeux. Il revint dans le salon, fit tous les gestes nécessaires et s'enfonça dans son fauteuil.

Madame T. avait tout vu. Elle décida cependant de laisser Salma à lui-même. En effet, elle croyait qu'il devait les exorciser lui-même, ses démons... Elle continua donc à babiller de plus belle comme pour mieux protéger son silence à lui...

— Chaque jour je remercie le ciel qui vous envoie, que dis-je, qui vous guide ainsi vers moi! C'est en effet pur prodige qu'il vous ait ainsi montré le chemin de mon repaire... Les villes sont si grandes, si terrifiantes! Mais, quand j'y pense, bien moins que le vent qui s'engouffre dans les cheminées des petites maisons figées dans la grande plaine de la campagne... Non, Salma, jamais je ne pourrais vivre dans une de ces maisons de solitude sous le parapluie d'un grand orme! Les petits jardins, les lierres qui étranglent les murs, la lampe qui veille à la fenêtre, toutes ces grandes beautés me donnent froid dans le dos!... J'aime sentir ma maison se serrer contre d'autres maisons, ma cellule se visser aux autres cellules... Souvent j'imagine ma maison comme un grand vêtement très, très complexe, de ceux qu'on prenait le temps de faire autrefois et où l'encolure dépendait de la manche et les piqûres des volants... Cet immeuble que nous habitons m'a plu tout de suite! Parce que sous ses dehors délabrés, j'ai immédiatement reconnu la belle robe qui se cachait... Vous savez une de ces robes excessivement élégantes mais vieillies et dont l'étoffe se défait en laissant apparaître la trame... Une robe portée sous la neige et en juillet... Mais les lignes étaient là, intactes, et c'est ce qui compte, n'est-ce pas? Ah! mon imagination s'emporte si vite! Petit cheval fougueux, va! Justement, hier, j'étais...

Salma n'entendait plus Madame T. Les yeux boursouflés de sa mère dansaient dans sa tête. Dans ses yeux, dans ses oreilles, dans sa bouche. Ils étaient partout à la fois. Ils se décomposaient en milliers de petits points noirs. Une véritable nuée d'insectes, de ces bestioles qui accompagnent invariablement les fruits qui voyagent des affolantes plantations vers nos villes sages du Nord. Puis tout s'effaçait, comme par enchantement, et ne bougeaient plus devant ses yeux que des ongles rouges et mouvants et quelques chrysanthèmes tourmentés. Et ils revenaient encore. Et ils repartaient...

Madame T. se mit à toussoter. Salma sortit de son nuage d'images. Complètement. Et à la façon dont elle tapotait maintenant le grand coussin à motif de chaumière en forêt, Salma reconnut que c'était le moment de poser sur le front de son amie un long baiser. En retour, elle pressa ses mains sur ses yeux, comme pour les laver.

# 9

Tonio et Mario étaient tous les deux d'origine italienne et immigrants. Là s'arrêtait leur ressemblance, au « io », comme disait souvent Duplex en parlant d'eux. Autant Tonio était maigre et ascétique, autant Mario, lui, était gros et bon vivant ! Tonio avait passé des années à polir sa nouvelle langue pendant que Mario prenait plaisir à laisser rouler son accent comme un petit train heureux. Ils ne pouvaient pas se sentir et pourtant on les voyait toujours ensemble... Tonio, sur le gril, disait à qui voulait l'entendre que c'était les liens du sang, le poids écrasant des siècles qui l'obligeait à « supporter » Mario... Celui-ci ne s'embarrassait pas d'explications. Il se contentait de rire très fort pendant que ses yeux disparaissaient dans un buisson de plis dansants...

Le capharnaüm de Tonio n'était plus maintenant qu'un gros nuage de fumée. Il avait invité ses amis à un baptême. C'est ce qu'il avait dit à Duplex, à Peter, à Salma et bien sûr à

Mario. Chacun lui avait alors demandé qui serait le baptisé. Mais Tonio, trop heureux de faire des mystères, n'avait pas daigné répondre.

Tout le monde, sauf Salma, était déjà là depuis une bonne heure et le petit vin de la maison avait déjà fait oublier à chacun qu'ils étaient réunis pour une cérémonie aussi solennelle. Seul Peter, Peter le solitaire, restait enfermé dans son silence. Il était pour tous comme un vieux parent qu'on aime profondément et de qui on n'attend rien qu'un petit sourire, un petit signe de temps en temps. Peter avait au cœur une grande blessure. Sa femme l'avait quitté, sans mot dire, après trente ans de bonheur. Il s'était arrêté là, comme devant une fenêtre dont il ne pouvait s'arracher tellement la vue l'étonnait. Et depuis ce jour, on s'assurait de sa présence à toutes les fêtes. Comme si on avait espéré quelque miracle.

C'est Duplex qui menait la barque. Ce géant n'aimait rien tant que de mettre les deux Italiens aux prises. Il n'avait qu'à lancer un fait, parfois même un seul mot, et, comme deux chiens, Tonio et Mario fonçaient avec rage. Il venait de mentionner, innocemment, que ses deux employés restaient tièdes à son offre de transformer son atelier de réparation en coopérative...

— Typique! Typique! Qui pourrait imaginer chose plus absurde! Un ouvrier qui se voit offrir la copropriété de la boîte, par son patron s'il vous plaît, et qui fait la petite bouche! Une fois de plus ça prouve jusqu'à quel point notre système a réussi à endormir l'esprit des gens! Je suppose qu'ils préféreraient former un syndicat?

— Tonio, Tonio, tou né comprends rien à rien! Tou as toujours vécou dans ta pétite tour d'avorio! Tou né comprends pas qué cés jeunes-là, ils ont leurs rêves, eux aussi, leurs rêves, Tonio! Ils veulent posséder touté la boutique et lé plous vite possible! Ils né veulent pas qué lé Douplex soit dans leurs jambes pour lé reste dé leurs jours! Ils ont dé l'ambition. Naturalmente!...

— Mario, à ton âge, comment peux-tu t'être laissé contaminer toi aussi? Enfin, tu ne vois pas que ces jeunes-là sont les pauvres victimes du vieux rêve américain? Pense un peu: victimes d'un rêve mort, bien mort et depuis belle lurette! Un rêve que la planète ne peut plus alimenter. Une vraie folie! Vraiment, moi, ça me bouleverse de voir ça. Des jeunes qui peuvent encore rêver, de nos jours, de posséder leur petite affaire à eux tout seuls afin de pouvoir aller s'enfermer le soir dans la somptueuse maison-ranch de leur petite banlieue antiseptique!...

Ses lèvres frémissaient de rage et Duplex n'aurait pas été étonné de voir apparaître de l'écume aux commissures tellement ce jeu-là embrasait Tonio.

— Oh! et j'oubliais la piscine, et le garage double, et le fils médecin, et puis, bien sûr, l'inévitable crise cardiaque à la fin! Quel gâchis! La terre ne peut plus s'offrir ce genre de folie, Mario, quand donc le comprendras-tu?

— Eh! Qui té parle dé Cadillac et dé gros cigare, Tonio? Tout cé qué jé dis, moi, c'est qué lés jeunes sont toujours lés jeunes et qué lé rêve d'indépendance, eh bien! il est éternel... C'est tout!

Au moment où Duplex allait lancer la conversation sur de nouveaux sentiers, Salma entra. Il était pâle. Tout le monde l'accueillit avec des rires et des blagues sans fin. Il répondait distraitement à leurs taquineries. Chacun pensa pour soi-même qu'il fallait bien, après tout, lui donner le temps de se réchauffer! Et Duplex continua le petit jeu. Tonio et Mario ne démordirent pas pendant une autre demi-heure. À la fin, Duplex se lassa.

— Mais, Tonio, tu nous a promis un baptême ce soir, pas vrai?

— Duplex, si j'ai parlé de baptême c'est qu'il y aura baptême! Et il s'éclipsa.

— Alors, Salma, c'est-i ta pétite femme qui té fait des misères commé ça?

— Non, non, Mario. Ce n'est pas ma petite femme... Et puis qui te parle de misère?

— Eh! là, lé pétit, Mario il a des yeux... Et lé Salma, il a pas l'air gai, gai, cé soir...

— C'est qu'il a trop de femmes dans sa vie, notre Salma. Il y a la mystérieuse Madame T., une certaine demoiselle G. et combien d'autres encore dont on ignore même les initiales...

— C'est vrai, Douplex? Eh! Eh! lé pétit chanceux! Moi, si j'avais toutés cés femmes, la! la! la!... Jé vous assoure qué j'aurais lé cœur content!... Mais elles mé trouvent trop gros, ou trop céci ou trop céla... Jamais contentés, les créatoures, jamais...

Une clameur s'éleva dans le capharnaüm. Même Peter battait des mains. Tonio venait d'entrer et rapportait une grande boîte toute blanche. Il la tenait avec des soins extraordinaires. Duplex libéra la table et Tonio y déposa cérémonieusement la boîte mystérieuse. Il ne pouvait pas contrôler le tremblotement de ses lèvres et semblait chercher quelque part dans sa gorge le ton approprié...

— Mes chers amis, et je t'inclus Mario, mes chers amis, donc, je vous ai réunis ici ce soir, parce que, pour, enfin... vous allez bien voir...

Tonio était le premier surpris de cette émotion qui lui sautait à la gorge et l'obligeait ainsi à couper court à ce discours qu'il avait pourtant soigneusement préparé. Ses doigts tremblaient en détachant la ficelle. Le froissement du papier faisait vibrer ses lèvres. Finalement il arracha son trésor à la boîte. C'était un violon. Un violon flambant neuf. Couché sur la table, il brillait comme un astre. Les cinq hommes le regardaient comme un enfant Jésus...

Bien qu'ému jusqu'aux larmes, c'est Tonio qui dut arracher ses amis à leur contemplation.

— Mes amis, mes amis, vous avez devant vous le fruit de trois années de travail! Trois années... Et, nous allons le baptiser, le petit, attendez un peu!...

Tonio rapporta de la cuisine trois bouteilles du meilleur spumante. Et la fête commença! Chacun y allait de sa question, de son compliment, de sa tape sur l'épaule... Tonio se sentait au septième ciel! La surprise de ses amis, leur admiration couronnait pour lui tant de journées solitaires dans son petit atelier que les larmes ne voulaient plus quitter ses yeux...

— Mais, Tonio, on baptise, on baptise, mais c'est quoi son nom, au petit?

— Excellente question, Duplex! Ah! l'émotion!... J'allais oublier... Enfin, voici... Chers amis, mes chers amis, j'ai beaucoup réfléchi, oui, beaucoup... Ça n'a pas été facile... Finalement, voici le prénom que j'ai choisi: Termaduma.

«Termaduma?» lui renvoyèrent en écho quatre voix étonnées.

— Parfaitement! Termaduma... Laissez-moi vous éclairer. Je voulais que mon meilleur violon à ce jour porte le nom de ses quatre parrains. Donc, tout simplement, vous avez Ter pour Peter, Ma pour Mario, Du pour Duplex et Ma pour Salma, ce qui fait Termaduma...

— Tonio, tu es génial!

— Duplex, tu as du goût!

— Moi jé trouve qué ça réssemble à un nom d'engrais chimiqué!

— C'est que tu es un imbécile, Mario, c'est tout! coupa Tonio avec assurance.

— Oui, Mario, tu es un imbécile, mais un bon imbécile! Alors, Monsieur Tonio, on va l'entendre en première le fameux Termaduma?

— Cher Duplex et vous, mes chers amis, je veux bien jouer mais... il me faut de l'accompagnement...

— Pas de problème, maestro, moi, j'ai toujours mon harmonica dans ma poche!

Mario, lui, revenait déjà de la cuisine avec des cuillers qu'il donna à Peter et à Salma...

Il s'éleva alors dans la cabane de Tonio une musique des plus extraordinaires... Chacun y allait de son cœur et c'était pure merveille de voir ces sons-là se donner la main pour le baptême du petit violon. Tonio jouait un air de Mozart, Mario chantait une complainte sicilienne. Peter et Salma ponctuaient les phrases qui s'élevaient du bruit sec de leurs cuillers. Et Duplex, lui, faisait monter de son harmonica un blues que ni le folklore de la Sicile ni Mozart ne dédaignaient... Les cinq hommes chantèrent et burent le reste de la nuit...

Pourtant Salma ne réussit pas à se débarrasser tout à fait de la tristesse, de l'étrange tristesse qui collait à lui. Aux petites heures, il tira Duplex par le bras et tous deux, ils marchèrent jusqu'au matin.

# 10

Quand ils sont revenus, les bruits, dans la nuit de lundi à mardi, Salma n'a pas perdu pied. Il avait trouvé sa riposte : aux sons il répondait par les sons, tout simplement. Il avait donc cette nuit-là, et dès les premiers signes, placé sur la table tournante l'enregistrement d'une comédie musicale. À tue-tête ! Il avait lancé toutes ces voix, tous ces sons, tous ces cris dans son territoire comme une petite armée. Puis, à voix haute, il avait fait son propre film en suivant les péripéties de la comédie... Il n'avait rien entendu des bruits... Le petit jeu l'avait même amusé. Et ce succès lui avait donné confiance. Il avait trouvé son remède. Il ne craignait plus la maladie...

La nuit achevait de jeter son pont entre jeudi et vendredi. D'abord presque imperceptibles, les sons se mirent à muer tout doucement en bruits que Salma reconnut sans hésiter. Affectant un calme exagéré, en mesurant ses pas, il se dirigea vers la table tournante, y plaça le disque et, comme si de rien n'était, retourna à son lit. Comme un malade qui prend un médicament en cas... Ni plus ni moins. Cette fois-ci, il avait choisi de faire tourner un de ses enregistrements préférés: un matin d'été à la ferme. Une petite symphonie de bruits, une bande sonore très fidèle d'une tranche de vie... Il lui semblait que ce disque allait lui permettre de construire facilement son histoire, son petit film à lui. La tête enfoncée dans les oreillers, il se laissa envahir par les sons qui s'avançaient. Et, sans façons, la petite histoire se mit à pousser...

«Il est six heures... Peut-être même un peu plus tôt... Juillet, juillet, la nature triomphe partout. Le soleil vient d'éclater. L'air est encore un peu frais à cette heure. La rosée partout renvoie l'image du soleil. Des milliers de paillettes comme sur une robe royale... Comme sur la peau de Gaby lorsqu'elle sort de la douche... Le cultivateur descend le perron. Les planches craquent tendrement. Ses pieds sans doute chaussés de grosses bottes de caoutchouc... Il fume la pipe? Oui, il fume la pipe et ça embaume... Le colley qui sautille devant lui, puis derrière lui... Des oiseaux. Des oiseaux partout. Pour chaque branche, vingt oiseaux... Bien sûr, il faut que ce soit un colley, il le faut! C'est le chien préféré de Gaby... Et puis, venant de la porte, des fenêtres, de la maison tout entière, les bruits rassurants de la vie domestique. La vaisselle qu'on plonge dans l'eau savonneuse... Les assiettes qui font de la musique avec les fourchettes au fond de la petite piscine ronde du bassin... Le soleil, ça c'est certain, doit être en train de dessiner des arabesques sur le prélart... Tiens! la fermière vient d'ouvrir la porte. Elle doit étendre les linges à vaisselle sur la petite corde pendant que ses yeux fouillent l'horizon... »

Salma met toutes ses énergies à suivre les sons. Ses yeux sont grands ouverts, il fouille les draps de ses doigts, il descend le plus profondément qu'il peut dans ses souvenirs. Il voit le chien, bien sûr qu'il voit le chien. Il voit aussi le prélart taché de lumière. Il entend les vaches. Il entend également les arbres qui en profitent pour se secouer la crinière avant que le soleil ne les écrase pour le reste de la journée. Le gros soleil envahissant de la canicule... La poussière sur le chemin, sur les petites fraises qui lèvent la tête au bord des fossés... Les pauvres arbres qui doivent pousser leurs racines si profondément l'été, travaillés par la soif. Les géants prisonniers de leur force... Il voit tout ça. Il entend tout ça. Mais il ne sent rien. Ça lui glisse dans la tête, du cerveau à la bouche puis, plus rien... Comment se fait-il? Cela a pourtant si bien marché la dernière fois, le petit traitement! Oui, la dernière fois, c'était sans anicroche, une riposte sans faille! Mais maintenant... Qu'est-ce qui arrive? Pourquoi? Pourquoi? Il se sent aussi perdu qu'un enfant qui a trouvé le moyen de solutionner un problème et qui découvre soudain que sa méthode ne s'applique pas à tous les problèmes... Des éclats, des images, de belles images, mais l'histoire, elle, n'arrive pas à se lever, à se tenir debout, à le distancer, lui, de l'autre histoire, là, en dessous... Pourquoi? Et ses doigts empoignent plus de drap encore. Il tient maintenant deux grosses boules blanches dans ses mains. Deux boules qui se durcissent de plus en plus... Et voilà qu'il se met à glisser. Tout va très vite. Sa tête vacille comme un vaisseau dans la tempête. Ses yeux pèsent tant qu'il doit les garder fermés. Il ne peut plus rien faire. Tout lui échappe. Voilà qu'ils reviennent, eux, les petits points noirs. Ceux-là qui sortaient des yeux boursouflés de sa mère dans son rêve. Les milliers de petits points noirs... Ils sont là, tapis dans un coin de sa tête, prêts à lui sauter dessus, prêts à l'envahir, prêts à entortiller sa vie comme une pelote de vieux fils. Le disque continue de faire apparaître le glorieux matin mais ce sont d'autres images qui prennent toute la place dans la tête de Salma. Les sales images qu'il croyait bien avoir enterrées une fois pour toutes l'autre nuit... Pourquoi reviennent-elles rire de lui? Pourquoi ouvrent-elles la gueule dans ses yeux? Pourquoi?

Salma s'arrache alors des draps. Il laisse tomber les boules de coton qu'il avait si bien entortillées. Ses bras se lèvent comme des branches battues par le vent. Il tremble. Il crie. Il sacre. Il frappe le plancher. Il vomit des injures. Il bave. Comme un fou. Comme un ivrogne. Comme un enfant.

Quand il sent son front ruisseler, quand il se voit à genoux à côté du lit, quand il sent ses poings plus lourds que des boules, il sait qu'il faut qu'il... qu'il doit...

La cage d'escalier jaunâtre éclairée par une ampoule 60W le fait grincer des dents. Il se sent comme un soldat dans une tranchée. Comme un rat qui court de fossé en tuyau, de tuyau en ruelle... Pourquoi lui ? Qu'est-ce qu'il a fait ? Pour cette nuit-là ? À cause de Mu... ? Et la vrille descend tout au fond de son corps, ouvre des fissures. Le poison sort de ses veines, de ses tripes, le poison se répand... Il ne peut pas se laisser avoir comme ça... Il va aller frapper à la porte de ces gens-là. Il va leur crier qu'ils lui déchirent ses nuits en deux, qu'ils lui émiettent sa vie ! Il n'a rien fait, lui ! Cette nuit-là, elle est enterrée. Oui, tout ça c'est bien mort... Mais, alors, pourquoi lui ? Toutes sortes de mots se pressent dans sa bouche, des phrases se forment, ses poumons... Non ses poumons n'auraient pas la force de cracher ces mots-là ! Pourquoi lui ? Pourquoi ? Il se sent si faible... Il voudrait réveiller tous les locataires. Si seulement il pouvait. Comment se fait-il qu'il est le seul à réagir ? Les autres sont-ils donc sourds ? Ou bien est-ce que ces bruits-là ne sont que dans sa tête à lui ? Est-ce qu'il devient fou ? Est-ce que c'est sa mémoire qui fait remonter ces bruits-là de son passé à lui, de nuits qu'il avait cru endormies depuis des années ? Salma est maintenant si essoufflé, si excité, si faible, qu'il s'écrase dans les marches comme une vieille loque saoule...

Le béton est très froid. Petit à petit c'est cela qui le ranime. Ses joues sont fraîches. La pierre lui redonne des forces. Juste assez pour se relever. Assez pour se rendre, lentement, comme un convalescent, vers la porte de Madame T. Dans le noir, il ressemble à un gueux écrasé aux portes d'une église et qui, à bout de forces, décide de réveiller son dieu au milieu de la nuit...

Il ne reste maintenant en lui ni rage, ni volonté, ni désir. Il n'est plus qu'un somnambule trop heureux d'avoir une porte où frapper dans son cauchemar.

« Oh!... Salma, c'est vous? Oh! Salma... Entrez! Salma... je... je lisais, j'étais... en train de... lire... Salma... »

Salma avait suivi la voix dans la pièce et lorsqu'il vit une grande tache brune, il laissa tomber son corps. Seules ses oreilles vivaient encore en lui, faiblement, très faiblement, mais elles résistaient... Tout le reste l'avait maintenant quitté, happé par la lame de la nuit.

Quand elle l'avait vu dans l'embrasure, Madame T. avait dû étreindre sa gorge pour étouffer un grand cri. Un noyé qu'on venait de sortir de l'eau, voilà de quoi il avait l'air son grand ange! Son ami, son confident, tout meurtri, tout... Mais ce pas de somnambule dans la pièce, cette façon de se laisser tomber dans le fauteuil avaient déclenché son instinct. Elle devait garder son sang-froid. Elle savait qu'elle devait rester calme. Et ses doigts serraient si fort la petite broche qui fermait son peignoir que celle-ci se cassa en deux.

Ça faisait des années qu'une telle urgence ne s'était pas levée sur son chemin. Des forces nouvelles surgissaient en elle, des élans presque héroïques la transportaient. Une exaltation indicible l'enveloppait des pieds à la tête. Et les poings de Salma fermés comme des cadenas, et ses grands yeux vides finirent de l'embraser tout à fait. Elle se sentait des ailes. Elle était une boule de feu. Elle allait, elle, sauver son ami!

Elle inventa alors pour Salma une de ces histoires qu'on découpe vite et bien à même ses souvenirs les plus tendres pour calmer un enfant frappé d'un malheur trop grand pour lui. Elle qui n'avait rien d'une mère, et qui en parlait d'ailleurs comme d'une des rares certitudes de sa vie, improvisa une histoire comme sa mère à elle faisait sortir de bouts d'étoffes des lapins souriants. Une histoire fabuleuse.

«Vous vous souvenez, Salma, que je suis née dans une ville traversée par une grande rivière, un fleuve dirait-on dans un petit pays. Eh bien! le croirez-vous, je n'ai pas vu cette rivière avant l'âge de cinq ans? J'en rêvais pourtant beaucoup... Tantôt je l'imaginais comme une grande sauvagesse crachant de l'eau par la bouche et par les oreilles. Tantôt je croyais dur comme fer que ce devait être un miroir très épais endormi dans la terre. Voyez-vous, Salma, on m'élevait en serre chaude. Le monde extérieur consistait en deux choses: l'église, qui se trouvait à deux pas de notre maison, et notre immense jardin où je passais tout mon temps libre... Un dimanche, c'est curieux c'est toujours le dimanche et le dimanche après-midi que semblent se situer mes souvenirs d'enfance... Un dimanche, donc, mon père m'emmena en promenade du côté de la rivière. Je ne tenais pas de joie! Le trajet me parut si long, si long!... Une fois la vieille ville traversée, nous arrivions dans ce qu'on appelait à l'époque la nouvelle section. Une autre petite ville était en train d'y prendre forme... Je dis une autre ville parce que ça ne ressemblait en rien à la ville où nous, nous vivions. Là, toutes les maisons étaient identiques. Les rues se suivaient comme les lignes sur la page d'un cahier d'écolier. Et surtout, surtout, les arbres n'étaient pas plus hauts que les arbustes de notre jardin à nous... Mais ça m'apparaissait vingt fois plus beau que la vieille ville que nous habitions. Et j'enviais presque les habitants de ce quartier pour l'étonnante platitude de leur paysage... Ah! l'attrait de la nouveauté pour un enfant! Mais, mais, ce n'est pas la rivière que je vis d'abord. C'est le pont. Ah! le pont! Je l'avais imaginé dans ma tête d'enfant, ce pont, comme une passerelle de lianes qui se balançait au-dessus d'un pays où les enfants pouvaient faire ce qu'ils voulaient et où, bien sûr, les parents n'existaient pas... J'oubliai vite ma surprise car quelque chose d'autre alors me bouleversa tout à fait. Une scène étonnante se dessinait pour moi dans la dentelle de fer forgé du parapet du pont. Je vis, tout en bas, très bas puisque cette rivière cheminait entre deux hautes falaises, je vis que s'élevaient sur le rivage des maisons, des arbres, et même des formes qui bougeaient: des hommes, des femmes, des enfants, des animaux!... Mais la merveille dans tout cela c'est qu'ils étaient, ah! je sens encore mon cœur battre, ils étaient minuscules, tout petits, plus petits que moi! Les maisons, les arbres eux-mêmes étaient plus petits que moi! Comme dans vos merveilleuses miniatures, Salma, tout à fait comme cela! Et mon cœur, je vous jure, mon cœur ne fit qu'un bond! Ma petite imagination se mit à voir grand! Il existait donc dans l'univers un univers plus petit où moi, haute comme trois pommes, je pouvais être le géant, qui sait peut-être même la... reine? Ce soir-là, j'en eus la certitude, j'étais devenue une plus grande personne que papa et maman... Enfin, je trouvai presque comique la mise en scène de ma mère qui me mettait au lit, me semblait-il, comme si j'avais été une poupée... Elle me souhaitait des rêves très doux. Des rêves très doux? Moi qui avais une ville entière sous mes ordres, moi de qui dépendait le sort de tant d'humains, de tant de chiens et de tant de chats! J'eus beaucoup de difficulté à donner mon cœur au petit Jésus ce soir-là... Parce que mon cœur, il appartenait déjà tout entier à mon peuple!... Mon pauvre peuple qui avait dû attendre si longtemps, des siècles sans doute, la venue de sa bien-aimée reine... Et des êtres si petits avaient besoin de protection, d'organisation... Donc, sitôt le rituel du coucher accompli, je m'enfouis la tête sous le grand drap de flanelle qui me tenait dorénavant lieu de tente royale. Et là, je me suis mise à renseigner Pon-Pon, mon agneau, sur ce grand royaume qui avait enfin trouvé sa souveraine. Je fis même de lui mon premier ministre!... Et puis, pendant au moins un an, nuit après nuit, sous la tente, en compagnie de mon premier ministre, je me suis mise à créer toutes sortes de liens très complexes avec mes lointains sujets... Je connaissais le nom de chacun. Leur maison avait une couleur précise. Leurs drames devenaient mes propres drames. Et leurs joies, bien sûr, leur venaient toutes de leur gracieuse majesté... Je me gardais bien de parler des affaires de mon royaume à qui que ce soit d'autre que Pon-Pon... Je soupçonnais tout un chacun d'être un jaloux rival... Puis vint le temps d'entrer à l'école... Je m'y sentais si seule, si malheureuse! J'espérais que mes sujets viendraient une nuit me délivrer de cet horrible dortoir où on me gardait captive... La solitude me fit faire une grave erreur... J'ouvris mon cœur à une petite compagne. Je lui confiai tout. Eh bien! Salma, cette enfant, je le jure, avait déjà une tête d'esclave! Elle raisonnait! Elle raisonnait! Imaginez un peu qu'elle m'expliqua froidement que lorsqu'une personne est placée sur un point élevé, comme un pont, tout ce qui est dessous est nécessairement plus petit. Et pour m'achever, elle me fit grimper sur le pupitre et jeter mon gros crayon rouge par terre. La preuve était irréfutable!... J'eus tant de peine, Salma, tant de peine... Le monde entier s'écroulait d'un coup! Elle fut la première personne à me, je suppose, à me briser le cœur... Il faudra que j'attende mes seize ans pour que je revive une expérience aussi déchirante... »

« Vous... dormez, Salma? »

Salma s'était en effet endormi dans le vieux fauteuil brun, les poings enfin déliés.

# 11

L'obscurité de l'escalier lui avait d'abord fait croire que c'était un gros chien qui s'était endormi dans les marches. Il revenait de la Casa et sa tête bourdonnait encore. De voir cette masse inanimée au haut de l'escalier ne l'avait pas surpris plus que ça. Cependant, plus la masse se rapprochait, plus son cœur se serrait. D'abord de peur, puis de rage. Étendue là se trouvait une femme enveloppée d'une vieille couverture de laine. Il sut tout de suite que c'était une femme à cause des cheveux qui dépassaient la couverture comme une couronne de plumes. La boule grise ne bougeait pas. Il s'approcha avec des soins de mère qui veille un enfant fiévreux dans la nuit, repoussa délicatement la couverture et un visage boursouflé lui apparut. Les yeux étaient éteints, le corps absolument immobile. Les yeux fixaient Salma mais il ne sentait pas qu'ils le voyaient vraiment. Il prit la boule dans ses bras et, d'un seul élan, il s'envola chez lui avec son paquet. Le poids lui parut plus léger que s'il s'était agi d'un petit chat malade. La porte s'ouvrit sans qu'il ait eu, lui sembla-t-il, rien à faire. Et ce qui le tira soudain de sa suintante fébrilité fut d'apercevoir tout à coup, en plein centre de son grand lit blanc, cette petite tache grise comme un rejet de la mer. C'est alors qu'il la regarda véritablement pour la première fois et il la reconnut.

Mais une seconde vague le happa, plus profonde encore que la première. Sa tête se brouilla. Sans doute s'était-il alors mis à chercher des serviettes douces et humides et chaudes ; il avait dû sortir les couvertures d'hiver, il avait même possiblement fait du thé... Mais il aurait été bien en peine de dire précisément quoi. Seul ce visage boursouflé avait une place dans sa tête. Et le petit corps, ce petit corps qui devait être tout sillonné de bleu, de violet, de rouge, enfin de toutes ces couleurs trop intenses pour un corps et que le ciel seul peut porter avant de plonger dans la nuit... Son petit corps labouré sans doute... Elle avait donc dû épuiser tous ses cris ce soir-là. Ces lamentations qu'il connaissait si bien, qui l'avaient tenu éveillé les autres nuits, c'était vraiment cette petite femme qui les chantait dans sa douleur ? Les cris avaient-ils donc été impuissants à la libérer de sa douleur cette nuit ? Pourquoi avait-elle fui, essayé de fuir plutôt pour s'écraser aussitôt comme une infirme dans les marches de l'escalier ? Comme lui, l'autre nuit... Ou bien avait-elle tout simplement été jetée à la porte comme un sac d'ordures ?

Des dizaines de scénarios tournaient dans sa tête comme des oiseaux, si vite qu'il ne comprenait plus rien. Et ce petit corps, là, dans son lit, qui n'avait même plus la force de gémir, cette boule grise... Et son visage qui lui faisait si mal qu'elle ne pouvait pas même avaler le thé qu'il versait au compte-gouttes dans sa bouche estropiée. Il y mettait pourtant des délicatesses infinies ! Et cela ne réussissait pas. Rien ne semblait réussir. Il se sentait maladroit, inutile, profondément inutile. Mais il ne s'arrêtait pas. Il cherchait autre chose dans la salle de bains, dans une armoire de la cuisine. Il voulait que le petit visage ravagé revienne un peu à la vie. Que le bloc fonde un tout petit peu au moins... Et il se surprit lui-même à s'entendre chantonner pendant qu'il courait vers elle ou vers la cuisine ou vers la salle de bains. Il ne pouvait plus rester en place. Il devait la ressusciter. Il allait réussir, il fallait qu'il réussisse. Et tout au long de cette course désespérée dans son appartement, l'urgence avait dû imprimer un sourire sur son visage. Un de ces sourires qu'on doit avoir pour rassurer un blessé, car il sentit soudain les muscles de son visage tirer si fort que cela le pinça. Et il continua à chantonner pendant que les larmes se tenaient figées au coin de ses yeux, prêtes à dévaler sur son visage comme des centaines de skieurs sur la pente rose de ses joues. Et il tenait bon, il tenait ses larmes, il tenait sa rage en laisse. Ce n'était pas le moment. Il fallait ramener la noyée à la vie. À tout prix !

Il remarqua soudain que les yeux de la femme reprenaient un peu d'éclat. Son regard semblait quitter la grande plaine où il s'était réfugié depuis qu'il l'avait recueillie dans l'escalier. Ses yeux se mirent à bouger très lentement et Salma sentit dans son ventre comme une relâche. La noyée respirait. Il stoppa pour un instant la frénésie de ses mouvements et resta là, devant la boule grise, cloué d'admiration. Puis il se remit à penser qu'elle devait avoir le corps balayé de cicatrices, de marques profondes et douloureuses parce qu'elle était restée dans la même position depuis son arrivée. Elle était en effet comme posée sur le lit, exactement comme il l'avait trouvée quelques instants plus tôt. Mais ses yeux, eux, semblaient revenus à la vie. Ses yeux avaient bougé. Et pour Salma, c'était une victoire parce que lui, il respirait par les yeux...

Il courut à la cuisine sans trop savoir pourquoi. Et là, en face des petites armoires tout ouvertes, son visage se défit et il versa des larmes si lourdes qu'elles rebondissaient sur le comptoir comme des gouttes de pluie. Et cela lui fit du bien. Mais cette détente soudaine réveilla sa rage. La rage qu'il avait dû mettre de côté. Cette rage enflammée qui l'avait d'abord saisi lorsqu'il avait découvert la femme dans l'escalier. Et dans sa tête, soudain, les gémissements qui l'avaient réveillé depuis quelques semaines lui revenaient eux aussi, droit dans les yeux: c'étaient des plaies, c'était du sang, c'était du pus!... Cette petite femme était-elle vraiment la fontaine d'où jaillissaient tous ces cris coupants ? Et de voir la victime de ses nuits d'angoisse le fit frémir. Il dut tenir fermement le rebord de la table de la cuisine pendant quelques minutes pour ne pas éclater. Puis, muscle à muscle, il remit son masque et retourna voir sa naufragée.

Bien sûr, maintenant, il voulait tout savoir. Sa langue brûlait de tant de questions ! Des petits mots lui traversaient l'esprit plus vite qu'un jet ne fend le ciel. Pourquoi ? Qui ? Pourquoi ? Qui ? Pourquoi ?... Et ces mots lui enflammaient le cœur d'autant plus que la femme ne pouvait répondre ni avec ses mains, ni avec ses yeux, ni même avec ses sourcils... Son corps était muet. Elle se tenait toujours en boule sur le grand lit blanc de Salma. Elle ressemblait à un volcan éteint qui dresserait ses flancs gris dans une grande plaine. Et les larmes remontèrent dans les yeux de Salma et il sentit son masque se défaire encore une fois.

Il courut se cacher à la cuisine. Comme une bête. Ses mains pressaient très fort le comptoir pour ne pas pleurer. Et là, il se mit à entendre de petits gémissements. Il imagina qu'elle essayait peut-être, à grand-peine, de déplier ses membres. Et Salma se mit à ressentir dans ses propres jambes une douleur brûlante. Mais il n'arrivait toujours pas à se refaire un visage sortable. Et ça lui faisait mal. Et ces craquements de l'autre côté, ces couteaux qui menaçaient de percer la cloison... Seules ses mains semblaient rester fermes et il les ancra solidement à la table comme si celle-ci avait été sa seule chance : un radeau dans la tempête. Il dut rester là quelques minutes. Quand il put enfin se présenter de nouveau, ce qu'il vit alors redoubla sa rage.

À travers tout ce bruissement de douleur, la femme avait réussi à changer de position. Elle était maintenant étendue sur le dos et la couverture, en se déplaçant, avait pour ainsi dire décacheté l'enveloppe de son corps. Et ce qu'il vit alors lui fit perdre toute contenance. Il sentit le pauvre sourire, qu'il avait dessiné avec tant de peine, sombrer, emportant avec lui le reste de son corps. Ses poings se durcirent comme du ciment. La femme était vêtue d'une robe de nuit traversée de petits motifs fleuris, et déchirée de partout. Les trous s'ouvraient sur une écriture mauve. Le sang dormait déjà dans la plupart des sillons comme de la larve. Salma sentit mille insectes assaillir ses cheveux et le piquer partout à la fois lorsqu'il découvrit, en s'approchant, que la femme avait le ventre gros comme une colline. Elle portait un enfant entre ses flancs déchirés.

Salma était si perdu qu'il ne pouvait plus penser. Il suivit ses pieds. Il se retrouva dans la rue, comme un fou, la tête en l'air. On aurait pu croire qu'il cherchait une étoile dans le ciel vide. Une étoile pour le guider. Il eut peur d'enfoncer dans le petit perron de ciment. Il se mit à courir vers l'avenue au bout de sa rue. Là, il pourrait crier, il pourrait arrêter un passant, un taxi, un policier, un homme. Il ne voyait plus rien. Il se crut tombé dans un puits. L'avenue impassible ouvrait et déroulait son long ruban désert comme un dimanche.

L'air, la course, la sueur l'avaient réveillé. Et sa rage se mit à rebondir en lui comme un ballon. Il se dirigea vers sa maison. Il courait. Ses pieds avalaient le trottoir. Il allait téléphoner à Duplex, à Mario, à Gaby, à la police. Il allait crier très fort. Il réveillerait Madame T. Il monta l'escalier comme un vainqueur ; il allait sauver cette femme des griffes du tyran. Quand il arriva à sa porte, il la trouva ouverte. Il courut à son lit. Il était vide. La femme avait disparu. Et Salma fut saisi d'une insurmontable envie de briser, de casser, de détruire. Quelque chose de précieux. Ses mains saisirent alors les miniatures sur lesquelles il travaillait déjà depuis un mois. Il les brisa une à une en mille miettes et tira les débris dans toutes les directions de la pièce.

Puis, dans ce lit éclairé, par endroits, de petites taches telles des fleurs en train de sécher dans un vase, il se laissa tomber comme un sac.

# 12

En se réveillant, Salma avait tout de suite senti un goût de craie lui balayer la bouche. Sa peau grasse, les fenêtres pleines d'une lumière crue, ses vêtements froissés, tout cela pouvait, il le savait, l'anéantir. Il devait ignorer. Faire comme si. Faire du bruit. Se pincer le cerveau. Il se mit donc à se parler. Très fort. Il disait n'importe quoi. Il étirait les mots, il faisait monter puis descendre sa voix comme dans une montagne russe. Il produisait des sons aigus dans les coins dangereux et des sons ronflants dans les descentes. Puis, las de son petit grabuge, il se mit à faire, du bout des doigts, l'inventaire du logis qui lui servait également d'atelier. Il détaillait d'un doigt puis de l'autre chacun des objets. Il leur faisait des queues, il leur donnait des oreilles, il leur tirait la langue...

Il pouvait parler, il pouvait crier, il pouvait encore bouger: il était toujours vivant. Salma se mit alors à chercher le suçon de craie au fond de sa bouche. En vain. Il avait fondu. À sa place, il sentait une boule aigre. Comme un point qui serait resté pris là. Un tout petit point, une tumeur accrochée au palais, un caillou dur de rage.

Une force extraordinaire le fit sauter du lit. Il balaya les copeaux sur le sol. Il fit du café. Il rangea ses outils. Il se lava. Puis il descendit chez le concierge. Il était encore très tôt.

Le père Lachance était évidemment en train de lire son journal. Et de boire son café. Il habitait le seul appartement situé au sous-sol. Entrepôt serait probablement un mot plus exact pour désigner l'endroit. Salma connaissait le père Lachance depuis des siècles, lui semblait-il. Il savait surtout que le bonhomme, comme la plupart des concierges, avait besoin d'être flatté, cajolé presque. Car c'est bien connu, les concierges ont la ferme conviction non seulement de posséder leur immeuble mais encore d'en être les souverains absolus. D'où l'importance de leur faire la cour. Et Salma, ce matin, était prêt à toutes les courbettes, à toutes les paroles oiseuses, à toutes les questions et réponses pour obtenir les renseignements qui prenaient pour lui une importance vitale.

Il dut parler du dernier match des Mets pendant plus longtemps sans doute que celui-ci avait en fait pu durer... Il lui fit des compliments sur la propreté de l'escalier. Il vanta même son choix de fleurs pour les deux pots qui se tenaient au garde-à-vous chaque côté du perron de l'immeuble... Mais il obtint bribe par bribe les renseignements tant désirés.

L'appartement 4-F était habité depuis deux mois et demi par un jeune couple. Des nouveaux mariés, avait seriné le père Lachance avec force clins d'œil. On lui avait bien mentionné des bruits, oui, des bruits, la nuit, mais la plainte avait été portée par Mademoiselle Lauzon et Mademoiselle Lauzon..., c'était bien connu..., enfin..., et puis des nouveaux mariés... Hum! Salma, lui aussi, un jour verrait bien ce que c'était que ces premiers mois... Et le visage du concierge avait tourné plusieurs fois en une grande grimace libidineuse. Salma, chaque fois, avait pris soin d'éperonner le bonhomme d'un clin d'œil malin...

L'homme, le mari, enfin le maître du 4-F était fonctionnaire. Quelque chose à voir avec les permis de... Et Lachance en avait profité pour déblatérer contre les gouvernements... La ritournelle avait bien dû s'étirer pendant une demi-heure. Salma était patient. Puis, au compte-gouttes, les détails que Salma désirait plus que tout... Lui, le fonctionnaire, le locataire du 4-F, il était dans la trentaine, il avait des lunettes, il portait une barbe, bien taillée avait précisé Lachance, bien taillée... Et grand... Et l'air sérieux... Salma était surpris d'avoir tiré tous ces renseignements de Lachance sans que celui-ci ne devienne à son tour curieux... C'est que le concierge était non seulement heureux mais encore grisé de commencer si tôt le matin ses commérages. Il aurait tout divulgué. Surtout à quelqu'un qui ne manquait jamais de lui donner, à Noël, une bouteille de gin, et de la meilleure qualité.

Salma était dans le vestibule depuis une demi-heure maintenant. Assis dans le seul fauteuil qui se trouvait là, il dessinait, effaçait et recommençait le portrait de l'homme du 4-F, le portrait-robot du fonctionnaire. Il ne négligeait rien pour faire apparaître devant lui le visage, le corps, la démarche... Pour pouvoir le reconnaître quand il passerait dans dix, vingt, quarante minutes avec, sans doute, son porte-documents noir à la main. Le porte-documents de sa parfaite respectabilité. Salma faisait remonter toutes les images qu'il avait pu collectionner sur les fonctionnaires pendant sa vie. Les images aussi bien que les préjugés. N'importe quoi. Il se trouvait insatiable. Bien sûr qu'ils étaient tous différents, les ronds-de-cuir, mais, comme les ouvriers de la construction, comme les instituteurs, comme les avocats, ils obéissaient à certaines règles du costume, à certaines règles de maintien en public, à certaines règles du regard, ou à quelque chose comme ça. Donc, costume sombre, lunettes, porte-documents... Et puis quoi ? Salma fouillait les intonations que Lachance avait mises lorsqu'il parlait du locataire du 4-F. Beaucoup de complaisance... De la sympathie presque. Et Salma le savait, si le locataire avait eu une allure tant soit peu étrange, bizarre, un maintien hors-de-la-moyenne, une voix aiguë, des gestes efféminés ou quoi encore, Lachance le lui aurait fait savoir à grand renfort de blagues ou de rires. Mais non, rien, rien de particulier sauf, bien sûr, qu'il était nouveau marié ou presque.

L'immeuble que Salma habitait était assez grand. Il y connaissait cependant la plupart des locataires, de vue au moins. Mais il ne se passait pas une journée sans qu'il vit dans l'escalier, dans le vestibule ou sur le perron extérieur un visage nouveau. Des visiteurs plus que des nouveaux arrivés sans doute; mais, à ce jour, cette distinction n'avait jamais intéressé Salma le moins du monde. Il avait en fait toujours été bien heureux d'entrevoir des visages nouveaux, de voir qu'après toutes ces années, l'immeuble continuait de lui offrir un peu du merveilleux anonymat des grandes villes. Mais ce matin...

Huit heures. Salma se sentait étrangement calme. Pacifié presque. Les locataires commençaient à défiler devant lui. La plupart ne le voyaient pas. Tout d'abord parce que tous étaient encore enveloppés par un dernier pan de nuit et qu'ils étaient déjà aveuglés par la perspective d'une longue journée de travail dans une cellule climatisée au moment même où le soleil inonderait la ville de son insouciance... Et ensuite parce que Salma était à peine visible, dans son petit fauteuil, tout au fond du vestibule, presque à l'ombre d'un immense foyer en faux marbre dont Lachance avait garni l'âtre vide d'un grand pot de fleurs artificielles si poussiéreuses maintenant qu'on ne pouvait plus en discerner la couleur.

De tous les visages qui avaient défilé devant lui jusqu'à maintenant, aucun n'était inconnu à Salma. Et il recommençait pour la vingtième fois sans doute le portrait-robot. Il lui donnait des gestes. Il avait même choisi la couleur du complet. Tout était prévu, jusqu'aux cheveux encore humides de la douche prise en vitesse. Pas une fois, depuis son réveil, Salma n'avait-il encore pensé à la femme, à la victime, à la nuit d'enfer. Il n'avait eu qu'une préoccupation: le trouver, lui, le suivre, le poursuivre, devenir son ombre, connaître les moindres détails de sa personne pour mieux le broyer, le moment venu. Et cette seule pensée, cette pensée de destruction prenait toutes ses énergies et lui procurait une sensation bien proche du bonheur.

Quand enfin l'homme du 4-F arriva, il ressemblait tellement au portrait que Salma s'en était fait qu'il faillit le laisser passer tout droit. Il crut voir une de ses fantaisies marcher devant lui. L'homme ne le vit pas. Salma le suivit. L'homme remonta la rue jusqu'à la 3e Avenue. Il marchait lentement en balançant sa serviette nonchalamment. Il avait les cheveux noirs, très noirs. Et une barbe bien fournie. Corps bien pris. Une tête osseuse, intelligente. Trente ans environ, Lachance avait raison. Vêtements assez bien taillés. Complet fait de ce tissu que les merciers qualifient ingénument de « tropical »... Puis l'homme s'engagea à droite de l'avenue. Est-ce qu'il allait prendre l'autobus? Salma pensa soudain qu'il n'avait pas vingt-cinq cents en poche. Alors il ne pourrait pas le suivre! Cela le troubla vivement. Il vit l'homme s'arrêter au kiosque à journaux. Il était souriant, il semblait bien connaître la vieille qui régnait dans la petite loge de tôle. La vieille aux moustaches et à la voix nasillarde.

Salma la connaissait bien lui aussi même s'il n'achetait pas ses journaux d'elle. Le journal sous son bras, l'homme dépassa l'arrêt d'autobus. Salma se sentit profondément soulagé.

Ses regards se concentraient maintenant dans la nuque de l'homme, dans une espèce de pli, pas un bourrelet, un pli qui se faisait et se défaisait à cet endroit, au rythme de son pas, lui semblait-il. L'homme s'arrêta net. Et d'un mouvement presque militaire, il se tourna en direction du petit restaurant *Four Sisters*. Salma ne tenait pas de joie. Il allait pouvoir observer son homme au repos. Il allait pouvoir interroger le moindre de ses gestes, apprendre quelques-uns de ses tics, reconnaître l'intonation de sa voix lorsqu'il commanderait son café ou ses œufs ou le spécial ou les crêpes ou... Et, pour mettre un comble à sa joie, à sa chance, l'homme s'installa au comptoir. Et Salma put voir à travers la vitrine qu'il y avait un autre tabouret de libre et situé à un angle merveilleusement avantageux. Il se frottait les mains de satisfaction. Il entra donc et s'installa, frémissant d'impatience.

Salma fut déçu d'entendre l'homme demander de la voix la plus plaisante possible: «Comme d'habitude!» Sa voix n'était pas seulement plaisante, elle était enjouée, amicale. Et cela fit rager Salma. Il parlait même à la serveuse comme si elle avait été sa propre sœur. Il lui demandait des nouvelles de son petit Michel, elle se plaignait de la chaleur, il l'encourageait, elle le taquinait sur la belle vie que mènent les fonctionnaires, il lui répliquait qu'en retour, elle, faisait une fortune en pourboires... Il parlait en souriant, un sourire magnifique, des dents absolument blanches. Et un visage ouvert, épanoui... Salma devait tenir ses mains sous le comptoir tellement il était indigné. Il n'osait pas les laisser remonter sur le comptoir de bakélite rose de peur de tout balayer d'un geste incontrôlable: la tasse, l'assiette, le sucrier, la bouteille de catsup... Il aurait voulu lui sauter au collet... À la fin, l'homme se plongea dans son journal. Mariette, c'était le nom de la serveuse, continuait son interminable bavardage avec les autres habitués. Salma se calmait peu à peu, maintenant que ce sourire, ce visage frais, ces dents saines avaient disparu derrière le quotidien. Il mangeait voracement ce qui se trouvait devant lui. Il ne se souvenait même pas d'avoir passé la commande. Il mastiquait bien, comme s'il essayait, en même temps, de digérer les images, les sensations, tous ces précieux renseignements qu'il recevait sur son homme. Des renseignements qui le bouleversaient, qui bouleversaient son petit portrait-robot. Le portrait qu'il s'était fait du salaud, du chien, de la bête sordide... Et voilà qu'il avait devant lui un homme beau, plaisant, enjoué, plein d'entregent et souriant d'un sourire, Salma devait bien l'admettre, d'un sourire désarmant de séduction... Salma avait avalé ses œufs, ses toasts, son café sans quitter l'homme des yeux. Il pensait qu'il allait bien se trahir, le salaud! Il allait bien laisser apparaître un pli, il allait sûrement faire un geste brusque, ses doigts allaient bien le vendre tôt ou tard. Ce n'était pas possible que cette bête de la nuit puisse avoir des airs si honnêtes, un visage aussi sain, une voix aussi rassurante dans la lumière du jour.

Soudain, entre les pyramides de verres à sundae, Salma surprit le visage de l'homme et le sien dans le grand miroir qui leur faisait face. Et il dut reconnaître que si quelqu'un avait un visage tiré, une sale gueule c'était bien lui. Cela acheva de la bouleverser. Peut-être bien qu'il se trompait... Non, il tenait une preuve sûre. Il avait entendu Mariette lui demander, et cela lui avait fait mal au ventre, comment la future maman se portait. Et il avait répondu, en souriant, ce salaud habillé en enfant de chœur, qu'elle était un peu fatiguée, un peu tendue. Et la bonne Mariette s'était empressée de le rassurer, lui disant que c'était tout à fait normal, qu'elle aussi... L'homme ne s'était pas trahi d'un pouce à ce moment. Il avait même fait des mines qui attiraient encore plus de sympathie qu'il n'en avait déjà reçu de la fille. Salma n'en croyait ni ses yeux, ni ses oreilles, ni son cœur. Il n'aurait jamais pensé que quelqu'un puisse jouer la comédie avec tant de talent. Dans sa bouche, le petit point se mit à enfler. Mais il n'allait pas étouffer. C'était trop important. Il allait garder son visage d'homme qui prend son petit déjeuner tranquillement avant de se rendre au travail, son visage d'homme qui écoute la serveuse converser avec les clients, son visage d'homme moyen, tout à fait ordinaire, encore un peu endormi.

Quand Salma s'entendit demander par la serveuse s'il désirait autre chose, il se rappela soudain qu'il n'avait rien dans les poches. L'addition s'élevait à plus de deux dollars. Il se sentit rougir jusqu'aux oreilles. Il appela la serveuse, marmonna quelque chose, qu'il était parti trop vite, qu'il allait retourner chez lui, qu'il habitait tout à côté, dans la 18ᵉ Rue, qu'il s'excusait... La serveuse lui souriait. Salma ne savait pas trop si c'était là un sourire incrédule ou un sourire amusé. Il n'eut pas le temps de décider qu'il entendit une voix lancer: « Écoute, Mariette, mets ça sur mon addition! Un gars de la 18ᵉ ne peut être qu'un bon gars!... » Et se tournant vers Salma: « Faut se tenir les coudes, non? »

Salma eut toutes les peines du monde à lui donner au moins le sourire poli que cette remarquable courtoisie commandait. Il se leva et fila comme une flèche.

# 13

— Écoute, mon bonhomme, ne t'en fais pas trop à cause de cette nuit-là, chez Tonio... On en a tous de ces boules qui nous remontent et qui n'ont pas l'heur de fondre... Tu sais ça, Salma, tu le sais, voyons! À moi aussi, de temps en temps, il m'en passe de ces mottons-là...

Et Duplex tenait sa main posée sur le genou de Salma comme pour s'assurer de son attention, comme pour l'arracher à ce qui le tourmentait et l'attirer dans le flot de ses paroles...

— Ouais, on dirait que c'est des coins de notre vie qui ne veulent pas mourir... Des petits coins qu'on voit pas la plupart du temps mais qui restent debout et qui s'encrassent de toutes sortes de hontes, de regrets, de choses qu'on n'a jamais pu accepter... Moi, mon gros motton, celui qui m'remonte les mauvais jours, c'est mon père... Oui, c'est mon père qui n'arrive pas à mourir en moi... Ça cesse pas de m'étonner que tous les deux on se soit ignorés pendant qu'il vivait et que maintenant, des années après sa mort, maintenant qu'il est muet comme une carpe, qu'il me revienne dans la tête comme une balle! Tout ça parce qu'on a juste eu le temps de s'entrevoir au moment où lui s'en allait. Pas croyable!... Tu sais, tout le long de mon enfance puis pendant « mon jeunessage », j'me souviens pas d'un seul moment de vrai cœur à cœur avec lui. Pas une seule fois! Moi, j'en avais le goût mais je me retenais... J'étais gêné... J'croyais que les hommes avaient pas besoin de ça... ou devaient pas avoir besoin de ça... J'sais pas trop... J'oublierai jamais le matin de mon mariage. J'étais certain qu'il allait briser le silence pour cette occasion. Qu'il allait me donner des conseils... Même des conseils empesés comme le col que je portais ce matin-là m'auraient fait bien chaud au cœur... Rien, absolument rien! Rien de ce que j'attendais en tout cas... Mais des blagues, ça, oui, des blagues! Mais moi, j'savais pas écouter ses blagues. Je ne comprenais pas que c'était comme ça qu'il arrivait à s'ouvrir le cœur, le père! Je savais pas qu'il était obligé de fourrer son affection dans des farces... Je l'ai compris bien longemps après... J'ai souvent pensé depuis qu'il avait peut-être eu bien envie de me parler, lui aussi, des fois... Mais ça s'faisait pas entre hommes! Les hommes, ça n'avait pas d'émotions, voyons!... Puis une fois marié, je l'ai perdu de vue... jusqu'au fameux coup de téléphone que chacun reçoit un jour ou l'autre... Et là, en le voyant si petit dans son lit, rongé vivant par un maudit cancer, j'ai eu une envie de tous les diables de lui parler, de tout lui raconter, de lui poser toutes les questions qui me flottaient dans la tête depuis que j'étais p'tit gars... C'est bien simple, Salma, c'est comme si la moitié de ma vie m'était remontée en pleine face dans cette petite chambre d'hôpital-là... C'est pas mêlant, j'aurais donné n'importe quoi pour que tout s'arrête autour de nous et puis que lui et moi, dans la petite chambre blanche, moi assis sur le bord de son lit de métal et puis lui, bien adossé à ses oreillers, on se raconte toute l'affaire, on vide notre sac!... Jamais de ma vie, Salma, jamais j'me suis senti aussi démuni, aussi pauvre, aussi faible!... C'est alors que je me suis mis à aimer cet homme-là à la folie pendant que la vie, elle, le quittait au galop! J'lui serrais les mains, j'aurais voulu l'embrasser et je sentais que lui, il mettait tant de force, tant de force, Salma, au bout de ses petits doigts secs... Ah! Salma, c'était comme si, par exemple, j'avais soudain découvert autour de moi une maison que j'connaissais pas. Tu sais, des murs qui s'écroulent puis de grandes pièces pleines de soleil qui s'ouvrent devant toi... Toute une maison que j'avais ignorée... Pas croyable! Comment est-ce qu'on avait pu manquer le bateau comme ça? Et ses yeux, ses yeux, Salma, ses yeux avaient la couleur de la mer! Et je ne le savais même pas! Je n'avais jamais remarqué que mon père avait les yeux vert et bleu, tout mélangé, comme l'océan... Ah! j'comprends, bonhomme, ces boules-là qui te remontent dans la bouche, ça fait mal sans bon sens!... Mais tiens bon! Il faut pas que tu leur laisses trop de terrain... Tiens-leur tête à ces bruits-là, tiens-leur tête!... Écoute-les puis mets-les à la porte! Tu peux pas leur refuser de les voir, ça c'est certain... Mais ne les laisse pas se réchauffer dans ton sang, parce que c'est à ce moment-là qu'ils vont t'empoisonner! Et puis les poisons, on peut pas vivre avec ça! Parce qu'ils sont plus forts que nous et une fois qu'ils sont installés, là, c'est trop tard!... Il faut les cracher! Et ça fait mal, oui, ça fait mal! Tu le sais mieux que moi, tu me l'as dit l'autre matin, ils t'ont presque étranglé... Mais il faut les cracher, c'est le seul moyen! Laisse-les surtout pas couler dans ton sang, bonhomme, surtout pas!...

— Oui, c'est vrai, tout ça, Duplex, c'est vrai... Mais moi, mais ces bruits-là, tu sais, ce qui m'étouffe, les bruits, ils viennent pas du passé, ils me viennent pas de là... ils...

— Ça n'a pas d'importance d'où ils te viennent, bonhomme! Aucune importance! Un poison c'est un poison! Et il n'y a qu'une chose à faire: les mettre à la porte au plus sacrant!... C'est le seul moyen, crois-moi. C'est bien sûr, tu peux pas empêcher la vie de sécréter des bruits ou des poisons, appelle-les comme tu voudras, mais il faut que tu restes vigilant... Surtout que ta vie, mon bonhomme, ta vie n'a jamais été aussi bien remplie! Tu t'es enfin trouvé une petite femme dépareillée, tu sculptes comme jamais tu l'as fait avant, t'es heureux, c'est pas le temps de te laisser abattre! Un bonheur c'est bien fragile, bien fragile...

Écoute, Salma, je vais te raconter quelque chose de... disons... Parce que, parce que j'pense que ça peut t'aider... un p'tit brin peut-être.

Duplex planta un long regard triste dans les yeux de son ami. Sa voix avait une telle douceur qu'elle effaçait le géant qu'était Duplex et laissait presque apparaître un enfant...

— Ma Rachel puis moi, c'est pas un secret, on est bien heureux ensemble, deux vrais petits oiseaux... Mais on a nos poisons, nous aussi. Un surtout qui a bien failli nous avoir plus d'une fois... et qui... encore des fois se montre le bout du museau. Au début, on savait pas comment se défendre, on se débattait comme des démons, on s'accusait l'un l'autre et lui, le maudit poison, il en profitait pour s'infiltrer de plus en plus profondément en nous... Il a fallu qu'on apprenne à se défendre. Et même maintenant, quand il revient, on se trouve bien mal hypothéqués. C'est le petit, le petit gars qu'on a eu la première année de notre mariage... Le p'tit qu'on avait attendu avec tant d'impatience, qu'on a eu et perdu en même temps, parce qu'il était mort-né... Seulement de t'en parler, tu sais, ça réveille le poison en moi... Ton poison à toi, il fait du bruit; le mien puis celui de ma Rachel, il sent mauvais, il sent la vie qui a pourri avant d'avoir eu la chance de sortir de terre, il sent l'échec... Quand ça nous frappe, c'est un peu comme si on se trouvait devant le plus beau bouquet imaginable: des tulipes, des roses, des dahlias, des pivoines, arrangés dans un vase puant comme une poubelle! Donner la vie à la mort, ça... ça... Pour Rachel puis pour moi, ça a été comme si on mourait... Puis il a fallu continuer à vivre, coupables de vivre... J'te dis, Salma, un poison plus long que les dragons que les Chinois paradent dans les rues chaque année... Puis qui prenait, qui prend encore toutes sortes de visages qu'on reconnaît pas toujours tout de suite! Ah! J'te dis... Ma vieille mère parlait de croix à porter, c'est sans doute de cela qu'elle voulait parler. Nos premières crises... Salma, on savait pas, bien sûr, que c'étaient des crises. T'aurais dû nous voir: on se tenait collés l'un contre l'autre comme deux enfants apeurés, puis le poison, lui, entrait lentement en nous. La porte était grande ouverte! Puis, là, on se mettait à languir comme des noyés... On était, tiens! comme deux fous qui resteraient dans une maison en flammes seulement parce que c'est leur maison et qu'ils croient dans leur belle naïveté que leur présence va pouvoir arrêter le feu de lécher leurs chers murs, leurs chers plafonds... Deux vrais fous qu'on était! Le poison, il glissait lentement... Après une heure ou deux à se regarder dans les yeux puis à coller nos corps gelés l'un contre l'autre, v'là que ça commençait... nos visages devenaient durs comme du vieux cuir, nos mains froides comme du marbre... Quand on ouvrait la bouche, c'était pour se déchirer, c'était pour s'entraccuser de notre faillite. Chacun disait que le poison venait de l'autre. On se renvoyait la balle puante. Puis, on s'enfermait dans une espèce d'enveloppe absolument hermétique, comme deux fantômes, et on se laissait sucer par le poison. Lentement. Il se propageait partout: dans nos mains, dans nos yeux, dans tout notre corps jusqu'au moment où nous nous retrouvions si épuisés, si démunis, qu'on s'échouait dans les bras l'un de l'autre... Comme deux épaves! Et ça nous prenait des mois à réapprendre à vivre comme du monde... Le temps que la puanteur puis ses maudits poisons, eux, retournent dans leur tanière. Jusqu'à la prochaine attaque! On a subi deux attaques et deux défaites comme celles-là... Deux années de notre bonheur y ont flambé... Moi, quand c'est revenu, la troisième fois, j'en ai eu assez! J'ai eu peur. J'ai sacré mon camp à l'île... Et puis là j'me suis mis à couper du bois dehors, dans le vent, dans le froid. J'ai déplacé des roches, j'ai scié des bûches, j'ai forcé comme un damné et à la fin j'étais si épuisé que j'suis tombé dans mon petit lit de camp, la tête absolument vidée. Le poison, je l'avais étranglé! Puis, maintenant, quand ça revient, je l'ai mon arme... C'est comme ça que je tiens tête à la mort... Cette fois-là, quand j'ai sacré mon camp à l'île, Rachel a réagi, elle aussi. Elle l'a trouvée, sa planche de salut... Et elle continue de s'en servir, tout comme moi. Cette fois-là, elle s'est jetée sur ma machine à écrire, sur ma vieille Remington, puis elle a laissé sortir tout ce qui lui passait par la tête jusqu'à ce que ses poignets cèdent, jusqu'à ce que ses yeux lui brûlent et puis là, comme elle m'a raconté, elle n'a plus senti la ... charogne rôder et, morte de fatigue, elle est tombée endormie elle aussi...

Comme tu vois, Salma, on a tous nos poisons. Il faut que tu tiennes tête au tien... C'est si fragile, un bonheur. Va pas le casser pour un maudit poison qui fait sonner ses clochettes la nuit!...

# 14

Peter pouvait venir chez Salma trois jours de suite. Puis, il ne venait pas pendant deux semaines. Mais c'est toujours le matin qu'il faisait son entrée. Il hochait alors la tête, s'installait à côté de l'établi, sa casquette bien enfoncée en toute saison, et attendait que Salma se mette à dérouler les mots...

Quand il se risquait à parler, ce qui était très rare, c'était toujours de quelque chose qui, pour quelque raison, avait éveillé son attention sur son chemin : un chien, un arbre, un ombrage... Il restait lui-même si étonné quand il s'entendait parler qu'il gardait longtemps les yeux tournés vers le plafond comme s'il avait vu des bulles de sons y monter et s'y crever. Mais d'habitude, il se contentait de rester tout à fait impassible pendant une, deux heures. Le plus souvent même, ses yeux restaient fermés.

Salma aimait Peter. Il aimait lui parler. Il aimait son silence. Ça lui suffisait.

Avec Peter, Salma vidait carrément son sac. Tout y passait, en vrac. Il s'ouvrait à lui de la même façon que d'autres le font en tenant un journal ou en téléphonant longuement à un ami. Mais pour Salma, ces rencontres avaient surtout l'allure d'une longue randonnée en auto, la nuit. Peter tenait le volant. Lui, il parlait, il sifflait, il riait et il parlait encore et encore afin que son ami ne se laisse pas hypnotiser par l'implacable ruban de l'autoroute...

Certains matins, Peter arrivait avec une demande précise. Comme s'il avait voulu voir un bout de film, une tranche de vie qui lui était refusée: «Qu'est-ce qui se passe chez le Grec de la 2e Avenue?» ou «Que devient ton amie Madame T. ?» Salma recevait ces requêtes comme de véritables petits cadeaux pour lui-même. Il laissait tomber ses outils et se mettait aussitôt à faire tourner très vite les images dans sa tête. Puis, avec une application d'écolier, il organisait les séquences, il choisissait les détails, il imaginait des rebondissements, en un mot, il conduisait la petite intrigue à bon port... C'est dans ces moments-là qu'il pouvait le mieux saisir le plaisir que Duplex devait prendre, lui, à construire ses histoires.

Ce matin, Peter était arrivé tôt. Ses yeux mi-clos et sa casquette rabattue lui donnaient l'air d'un voyageur qui attend son train. Il restait muet.

Salma l'avait accueilli avec fébrilité. Avec une si grande fébrilité que ça l'avait un peu étonné lui-même. Mais tant d'événements se bousculaient dans sa vie ces derniers temps, il se passait tant de choses qu'il ne se surprenait plus guère de se voir poser des gestes inhabituels, de s'entendre parler sur des tons inaccoutumés de choses parfois bizarres. Il n'essayait même plus de comprendre. Il mettait toutes ses énergies à empêcher que le fil ne lui glissât des doigts. Tout le reste pouvait bien serpenter, glisser, onduler, du moment que lui, puisse réussir à maintenir son équilibre. Déjà c'était là tout un défi! Parce que ces sensations qui lui montaient dans le corps de haut en bas, de bas en haut, étaient si nombreuses, allaient si vite qu'il n'arrivait pas à toutes les endiguer. La présence de Peter lui procurait une sorte de répit dans cette débâcle. C'était comme si ces torrents de sensations pouvaient enfin se déverser librement. Car il pouvait tout dire à Peter. C'est-à-dire qu'il pouvait lui enfiler toutes sortes d'images, à l'état brut, et au hasard, et être certain qu'il trouverait toujours le moyen d'en faire un collier. Et puis Peter ne posait jamais de question, il n'interrompait jamais le courant. Et Salma savait qu'il n'avait absolument rien à craindre de lui, pas même l'ombre d'un regard parce que Peter gardait ses yeux, son seul feu, braqués à l'intérieur de lui-même. Le reste de son visage, son nez, son front, son menton, sa bouche, toutes ces choses qui peuvent devenir si redoutables chez un interlocuteur, tout cela avait cessé de vivre depuis des années chez Peter. Et ses mains, et ses pieds, eux, se conformaient à de tout petits mouvements prévisibles, précis, longs, calculés. En fait, ces mouvements étaient si seyants qu'ils semblaient continuer ses vêtements. Salma était sensible à toutes ces choses et ça lui procurait une force d'abandon qu'il ne ressentait pas même avec Gaby.

Peter était prêt. Ses mains s'étaient posées sur ses genoux. Il avait déjà jeté son long regard circulaire, le seul de sa visite. Il se tenait assis comme un vieil aveugle qui attend patiemment qu'on lui relise cette lettre dont il ne peut se rassasier, cette lettre qui parle de la vie, ailleurs...

Tant de mots montaient cependant dans la bouche de Salma en même temps qu'il dut les laisser s'échapper pêle-mêle comme des enfants qui sortent de l'école à la fin de la journée. Puis, progressivement, les mots se mirent à s'enrouler en petites phrases entrecoupées de coups de gouge et de silences. Les phrases finirent par ressembler à un petit poème rempli de mots comme bête, cheveux, jambes, chatte, nuque, toit, nuit, abandon... Et Peter, qui savait écouter, devait à coup sûr reconnaître dans la voix amoureuse de son ami le rire de Gaby...

Puis suivirent, plus rondes et moins débridées, des dizaines de petites histoires qui arrivaient aux oreilles de Peter comme les manchettes des nouvelles à la radio. Les capsules du train-train quotidien que Salma faisait apparaître tout en continuant de détailler une figurine avec son ciseau. Sous ses paupières closes, qui sait, peut-être Peter croyait-il que ces petites nouvelles devaient être détachées l'une de l'autre à coups de ciseau pour qu'elles puissent ainsi flotter librement dans la pièce... Ses pieds, eux, se balançaient doucement.

Un long silence s'installa. Rien de rare à cela. Quelquefois même le silence durait des heures, laissant toute la place au va-et-vient des outils dans le bois. Mais Salma venait de laisser glisser son ciseau sur la table. Il ne pouvait détacher ses yeux de l'espace qui se trouvait entre son tabouret et le fauteuil de Peter. Il voyait distinctement ses paroles s'étirer au-dessus de ce petit canal. Il les fixait, les petites phrases, comme si cette vie dont elles parlaient lui était soudain devenue tout à fait étrangère. Et le vertige l'empoigna aussi brutalement que si quelqu'un lui eut tiré la crinière. Il n'eut pas le temps de se dire que...

À sa droite, ça ne faisait aucun doute, le plancher essayait de se soulever comme un mort de terre. De longues sondes, des perches ou plutôt des vrilles bien taillées fouillaient le plancher, essayaient de se frayer un chemin. Le silence animé d'il y a quelques minutes avait complètement fondu. C'était un nouveau silence qui se levait, épais comme de la colle. Un silence qui recueillait toutes les particules perçantes, tous les bruits déchirants que Salma ne connaissait que trop bien. Il ne pouvait pas leur interdire l'entrée. C'était trop tard déjà. Ses oreilles s'épaississaient de plus en plus. C'était trop tard... Salma regarda Peter; il restait enfermé en lui-même. Salma était déterminé: il n'allait pas les laisser avancer d'un pouce de plus... Il allait se l'arracher des oreilles le bandage... Les bruits allaient... Non! il n'allait pas... non!... Quoi?... Ce poison-là, en plein jour, devant Peter... Non! Non! Il n'allait pas... le poison avancer! Duplex avait raison... Duplex le lui avait... Il le croyait, oui il devait... il fallait qu'il... Son bonheur, trop fragile, trop précieux... Trop... Oui, c'est ça, trop... pour... et... Mais déjà le trou s'ouvrait à côté de lui. Le puits de cris, le puits rempli de visages défaits... Il eut peur que sa table ne bascule tellement ses poings étaient devenus lourds. Du ciment. Oui, c'est ça, il sentait son corps devenir aussi massif qu'un gros bloc de béton. Et ce trou!... Et le cœur qui lui tournait dans la poitrine plus vite que tous ces bruits-là dans sa tête... Salma se sentait de plus en plus confiné. Il se solidifiait lentement. Seuls ses yeux...

Peter, lui, gardait les yeux fermés. Et Salma se répétait qu'il fallait qu'il recommence à parler sinon il allait... Il fallait qu'il lance des sons dans la pièce, n'importe quoi, mais... N'importe quoi pour garder Peter dans son enveloppe, pour ne plus voir le trou, le puits, pour ne plus entendre siffler les serpents au fond de son crâne!

Salma sentait sa langue explorer la caverne de sa bouche à la recherche d'une issue... Finalement, il se mit à balbutier... Des mots disparates. Un ton discordant. C'était comme s'il se récitait une liste de vocabulaire qu'il aurait apprise par cœur. Il essayait, en même temps d'arracher ses doigts à ces gants rigides qui les retenaient captifs. Il voulait reprendre ses outils, faire crier le bois un peu. Un tout petit peu. Mais les gants ne voulaient pas se détacher. Et le trou s'agrandissait. Le trou l'hypnotisait. Le visage de la femme se mit à y tourner. Elle montrait son ventre meurtri à Salma. Elle essayait d'ouvrir la bouche. Puis elle disparaissait sous une grosse main. Celle de l'homme. L'homme du 4-F. Qui regardait maintenant Salma en souriant. Qui le regardait d'un air surpris. Qui ne comprenait pas l'égarement de Salma. Puis c'est elle qui revenait. Petite boule grise incapable de se soulever de son lit. Petit volcan éteint sur son lit. Le visage tout sillonné de marques comme un chien qui se serait pris le museau dans des barbelés... Le trou se referma soudain. Les mots, eux, s'étaient déjà éteints dans sa bouche.

Il fallait qu'il parle. De n'importe quoi... Ses figurines lui faisaient face. Aucune n'avait encore un visage précis. Elles ressemblaient à des mottes de beurre qui auraient pris la forme de petits humains au hasard des coups de couteau dans un beurrier... Non, il n'allait pas regarder le trou. Il allait tenir bon. Il allait tenir le coup. Ce n'était qu'un vertige. Il n'allait pas tomber. Il cherchait le visage de Gaby. Rien ne venait. Gaby avait fondu dans sa mémoire. Ses hanches comme un petit violon... Non... Disparues, les hanches... Et le violon de Tonio? Lui aussi, enseveli, très loin. Et ses mains qui restaient prisonnières de ces gants raides. Non! Non! Il n'allait pas se laisser entraîner dans le tourbillon, dans le trou, dans le creux du tourbillon... Les visages y tournaient aussi vite qu'une brassée de linge sale dans la cuvette d'une lessiveuse. Il n'allait pas...

Peter, alors, ouvrit les yeux. Salma vit son regard et il eut peur. Si peur qu'il se mit à lui défiler une série de mots, au hasard, vite, très vite... Puis, son cou se détendit un peu. Il réussit même à libérer une de ses mains du gant de ciment. Il se mit à jouer avec le ciseau, au hasard d'un petit bloc, pour se redonner un peu d'équilibre. Pour ne pas que les yeux de Peter en voient davantage, pour qu'ils ne voient pas jusqu'où son désarroi le plongeait. Non, il n'allait pas regarder à droite. Il allait chavirer s'il regardait. Il n'allait pas...

Comme par miracle, le visage de son amour lui revint, luisant comme une pomme brillante, comme une pomme qu'on frotte sur sa manche de chemise avant de la manger. Des mots plus clairs, des phrases plus limpides se mirent à monter dans sa bouche. Il ne savait absolument pas de quoi il parlait mais il se sentait si heureux de parler de nouveau que rien d'autre n'avait vraiment d'importance. Tout ce qu'il souhaitait c'est que Peter voie le moins possible les ombres qui le ceinturaient. Il ressentait quelque chose comme de la honte. Il se sentait laid, très laid et sa faiblesse le...

Le trou... Son visage à elle... Salma ne put résister. Il regarda. Le plancher était recouvert de copeaux. Le trou n'était plus là. La vie était revenue. Le poison était retourné à son repaire. Il pouvait continuer à vivre. La honte se détachait de son visage. C'était passé. C'était fini. Il se mit à chanter à tue-tête. Et sa voix était si extraordinairement heureuse qu'il se retrouva debout et se mit à danser devant Peter, comme un homme qui vient de gagner à la loterie.

Peter avait tout vu: le front en sueurs, les mains impatientes de se débarrasser de quelque chose de gênant, de collant. Et ces paroles, bizarres au début, frénétiques à la fin, et ensuite... Et maintenant, ces cris, cette danse...

Peter reconnut là la queue de quelque monstre de malheur. D'instinct. Il ne savait pas son nom, mais il sentait autour de Salma, dans la vie de Salma quelque monstre à l'affût... Il pensa que ça ne pouvait être qu'une maladie. Une de ces maladies sournoises qui grugent l'esprit petit à petit et qui, doucement, comme un serpent qui rampe, s'infiltre dans les moindres recoins du corps et finit par tout déchiqueter. Oui, une maladie. Parce que Salma était trop comblé pour être malheureux. Il ne pouvait que venir de l'extérieur, ce monstre! L'univers est jaloux des gens trop heureux. Il se venge. Férocement, en injectant ses venins dans ce qu'il y a de plus beau. Il la connaissait bien, la terrifiante jalousie de l'univers...

Peter savait qu'il avait l'œil juste. Aucun doute: il avait reconnu l'ombre du monstre... Il se sentit immensément triste. Il aurait tant voulu mettre son ami en garde. Mais il ne savait plus. Il ne savait plus parler. Il ne savait plus comment faire. Il avait tout oublié. Tout oublié depuis... Il ne savait même plus toucher. Si au moins il avait pu poser sa main sur l'épaule de Salma et appuyer au bon endroit pour lui faire sentir que... le monstre rôdait.

Mais il n'avait plus que ses yeux et ses yeux étaient morts, eux aussi, depuis bien longtemps.

Il toussa et sortit.

# 15

Duplex et Gaby étaient enfermés dans une banquette de vinyle azuré qui s'ouvrait en demi-lune autour d'une table de bakélite saumoné. De chaque côté, des porte-manteaux nickelés s'élevaient comme des cocotiers tourmentés.

— Oui, c'est bien ça, j'habite un village... Enfin, ce qui était un village... Parce que maintenant ça ressemble à un vrai baraquement. Ils ont même pas laissé un chicot debout! Tout rasé! Et, quatre modèles au choix: le colonial, le provincial, le montagnard... et le paysan! Pas croyable les mouches qu'ils ont réussi à attraper avec leurs cabanes en carton pis leur petit terrain plat! Ça me rend malade, c'est bien simple! Ma maison à moi, elle est pas belle, belle, mais au moins je l'ai laissée bien enveloppée dans ses arbres! Ça fait que... Attends, tiens! j'vais t'la dessiner!

— Un vieux duplex! Comme chez nous! Un loyer en bas, un loyer en haut. Un duplex!... Un duplex?... Non, non, non, dis-moi... que c'est pas vrai! Ça, j'le crois pas!

Gaby brandissait la serviette de table barbouillée au bout de ses mains comme une arme et en menaçait comiquement Duplex. Lui se tortillait, faisait toutes sortes de simagrées, se montrant d'un doigt puis de l'autre. À la fin, incapables de parler, ils s'abandonnèrent au rire qui leur chatouillait les côtes. C'est Duplex qui recommença à parler.

— Tout ce qu'il y a de plus vrai!... C'est de là même que mon illustre nom tire ses origines! Et c'est ton grand Salma qui m'a rebaptisé, à part de ça! Oui, lui-même, la première fois qu'il est venu chez nous. Quand il a vu la maison, il s'est écrié, tout comme toi: un duplex, comme la maison de mon oncle un tel... Puis là, il s'est tourné vers moi et il m'a dit le plus simplement du monde: «Tu t'appelles maintenant Duplex, j'ai jamais aimé ça, Marcel!» Et le nom m'est resté. Même Rachel m'appelle Duplex maintenant...

Gaby voyait se fondre le visage de Duplex dans celui de Salma. Même la voix de Duplex avait des accents de celle de son amour. Et ça ne l'étonnait pas outre mesure. Ça lui paraissait même presque naturel, une conséquence merveilleusement logique de l'amitié. Aussi, même si c'était une des premières fois seulement qu'elle se trouvait seule avec Duplex, elle sentait une joyeuse complicité les réunir. Et son bien-être lui donnait cette espèce de curiosité affectueuse qui affûte l'intuition.

— Salma me raconte que... tu écris toutes sortes d'histoires. C'est vrai, ça?

— Rien de plus vrai, mademoiselle, rien de plus vrai! Ah! des p'tites histoires de rien du tout... Pas de la littérature, là! J'écris sur les gens puis sur les choses qui m'impressionnent, je suppose... Presque tous les soirs, après le souper, j'm'installe au petit pupitre à trois tiroirs puis j'la brasse, la vieille Remington! Ma femme l'appelle sa rivale!... Mais en fait, y a rien qu'elle aime autant que de m'voir écrire... Elle me dit que le bruit de la machine lui rappelle la pluie qui tombe sur un toit de tôle. Étonnante, ma femme, étonnante!... J'pense que tu vas bien t'entendre avec elle. Elle t'a une façon de regarder les choses!... Moi, ça m'émerveille à tout coup. Et puis, Rachel, c'est mon meilleur lecteur! Mais attention! Elle n'accepte de lire mon griffonnage que lorsque, comme elle dit, «il y a une tête et une queue à mon histoire...» On est des vrais complices, tous les deux, tu comprends c'que je veux...

Duplex voyait maintenant le visage de Rachel flotter devant celui de Gaby, comme deux images essayant de se superposer. Un peu comme les photographies de deux petites sœurs finissent par ne faire qu'une seule image si on les tient l'une à côté de l'autre suffisamment longtemps. Et puis il les vit, les plis, ceux de chaque côté de la bouche... Les petits sillons de l'entêtement. Toutes les deux, Rachel et Gaby, elles étaient donc de la même race, il ne s'était pas trompé. Duplex se sentit profondément heureux pour Salma.

— Ouais! mes histoires, ça me donne bien du bonheur, tu sais... Les intrigues entre ces gens-là, pas possible, pas possible! X trompe F et K croit qu'il est la victime de L... Mais L aime désespérément B parce qu'elle veut dominer... Un vrai zoo, les humains! Mais c'que j'aime surtout, quand j'fais une histoire, c'est que j'deviens un peu une sorte de... magicien, j'suppose. Parce que vois-tu, j'peux arrêter le temps, j'peux manipuler l'espace, tout devient possible! Et puis j'peux aller chercher loin dans mon passé ce qui me semble trop beau pour disparaître... Des fois, tu sais, ça m'vient de si loin que j'me demande si ça sort pas, en fait, d'histoires que j'ai entendu raconter quand j'étais tout petit et qui se seraient endormies là depuis ce temps, bien au creux de ma mémoire... Moi, j'trouve ça épatant, épatant! Mais tu sais, Salma, avec le bois, il fait la même chose que moi j'essaie de faire avec des mots... Sauf que moi, j'suis rien qu'un amateur! Lui, il fait parler le bois pour de vrai! J'l'envie un p'tit brin, tu sais... Moi, mes histoires, c'est bien rare qu'elles ont cette espèce d'étincelle qui dit que ça bat fort en dessous... Mais ses sculptures, ses jouets, ça parle et puis ça chante! Tiens! me v'là qui recommence à divaguer... Mais, toi, Gaby, c'est quoi tes amours, tu peux bien m'dire ça!...

— Moi aussi, j'aime les histoires! Follement! Mais j'en écris pas, j'les lis... J'en lis en masse... Et en plus, mais ça j'le dis jamais à personne, j'suis bibliothécaire... Pourquoi j'aime pas le dire? Simple! J'déteste ce mot-là parce que, crois-moi, s'il y a un mot qui fait tomber des visages et lever des sourcils, c'est bien celui-là! J'suis certaine que même les croque-morts reçoivent un meilleur accueil! Parce que tout le monde a au moins en réserve une petite blague nerveuse sur les croque-morts, question de survivance... Mais quelle sorte de blague peux-tu faire sur une bibliothécaire? Les rats? La poussière? Les petites lunettes sur le bout du nez? Ma foi du bon Dieu, des fois, j'serais pas surprise si les gens pensaient qu'on vit dans des catacombes!

— Quoi, vous vivez pas dans des catacombes?

Et Duplex saisit très fort les mains de Gaby dans les siennes.

— Hum! Les bibliothécaires ont la peau douce! Même si elles vivent dans des sous-sols humides!... Ah! moi, tu sais, l'opinion des gens, ça m'dérange pas une miette! Ça m'fait rire, en fait! Y a rien que les gens aiment autant que de te mettre dans une petite niche de leur grand catalogue... Instinct de survivance, sans doute, comme tu disais tout à l'heure... Et puis, bien sûr, ils insistent pour que tu restes là, bien tranquille, et surtout pour que tu agisses conformément à la petite étiquette de ta niche, autrement ils comprennent plus rien! Mon étiquette à moi, elle est simple: original. Original de la tête aux pieds et des pieds à la tête! Faut bien que j'l'admette, j'les ai, les qualités de la fonction! Pense donc un peu, un électricien qui passe ses soirées à s'amuser sur une machine à écrire!... Qui pousse très souvent l'audace jusqu'à aller se promener en ville, tard, dans une vieille camionnette, alors qu'il pourrait s'en payer deux flambant neuves, et, et, sans sa femme!... Et puis c'est pas tout: qui revient à des heures infernales... quand il rentre! Rien ne les surprend plus maintenant... J'dois l'avouer, ça fait mon affaire, ma petite étiquette parce que curieusement, ça m'laisse les mains tout à fait libres... Surtout que ma Rachel, elle me comprend cent pour cent comme on dit. Elle me pose pas de questions et mieux encore, elle a très peu de réponses à me faire avaler!... Sa vie à elle aussi est pleine à craquer! On est des vrais amis, elle et moi, des vrais amis, tu sais?

Duplex et Gaby s'observaient maintenant en silence. En souriant. Et, aussi, avec attention, un peu étonnés, malgré tout, de se voir entrer aussi facilement, avec autant de spontanéité dans la vie l'un de l'autre... Ils ne parlaient toujours pas, se contentant de faire monter de leur îlot rose et azuré une bien drôle de musique: Gaby faisait sauter sa tasse dans la soucoupe comme si elle suivait la cadence d'une musique lointaine et lui, faisait avancer et reculer ses doigts sur la table comme de petits soldats... Sans doute avaient-ils reconnu à présent, l'un dans l'autre, une vieille connaissance, un voisin d'enfance, mais ils gardèrent ce flash chacun pour soi, comme un secret trop doux ou trop fragile.

— Oh! Duplex, ça fait du bien de t'entendre parler de cette façon! C'est rare, ça me semble rare en tout cas, les couples qui peuvent s'en tirer vivants, tous les deux vivants, je veux dire... Tout un contrat, ça, de vivre avec quelqu'un sans dévorer ou se faire dévorer!

Gaby tournait nerveusement la bague qu'elle portait à la main droite, comme si elle hésitait soudain à continuer...

— Tu sais, moi, avant de rencontrer Salma, ma vie... pas reluisante!... Ça faisait à peu près deux ans que je venais de sortir d'un mariage... désastreux... Tu sais, une femme qui passe trente ans, sans amis, qui a presque oublié comment le monde fonctionne, ce que les gens cherchent... Mes premières percées ont été pitoyables, pitoyables! J'arriverais pas à te décrire ces premiers mois-là... Parce que heureusement, j'me souviens pas de tout!... J'sautais d'un excès à l'autre, d'un homme à l'autre! Une journée, j'bouillonnais d'enthousiasme. Le lendemain, j'voulais me suicider! Et tout ce temps-là, j'traînais des comportements de femme mariée, des attentes de femme mariée, un gros manteau que j'voyais même plus sur mes épaules! Toutes les illusions d'un passé, d'un échec que j'avais pas vraiment digéré... Un bon matin, j'me suis retrouvée si écœurée, si seule, si laide, que j'ai fermé ma porte. À tout! Puis, lentement, j'ai tout recommencé... J'me suis rebâti une vie, j'me suis trouvé des valeurs, des compromis viables. Une petite vie satisfaisante, ma tente à moi dans la grande forêt... Des petites aventures de fin de semaine si j'étais chanceuse, des livres à la tonne, un petit appartement, des petites habitudes... Une vie bien calculée. J'avais tellement la frousse d'en sortir que j'me trouvais satisfaite de mon sort... Puis Salma est arrivé. Un coup de soleil! Ça n'a pas pris de temps qu'il a bouleversé mes petites constructions! Mais heureusement pour moi, il était prêt à bâtir autre chose à la place!... Et puis, et puis c'était ça le miracle: un homme qui pouvait regarder plus loin que la fin du week-end et qui, en même temps, ne cherchait pas sa mère! Non, c'était trop beau! Au début, j'te jure, j'me pinçais... Et sensible avec ça... Un homme vraiment sensible, j'pensais même plus que ça pouvait exister. J'veux dire par là quelqu'un qui se sait sensible et qui vit avec sa sensibilité... Même... Peut-être, oui, peut-être bien que Salma est... un peu... trop sensible, à la façon d'un enfant, tu sais? Pas d'une façon..., non! non! mais avec une ardeur un peu... Mais Duplex, comprends-moi bien, je peux bien vivre avec ce genre d'excès-là... Mais quand même, des fois, il me déboussole un p'tit peu...

Duplex voyait bien que Gaby tournait maintenant autre chose que du café froid dans sa tasse. Autre chose aussi que la petite bague dans son doigt. Mais il ne savait pas comment aborder le sujet qui leur brûlait tous les deux le bout de la langue. Il ne voulait surtout pas que Gaby s'alarme. Et en même temps, il se sentait malhonnête s'il ne parlait pas de ce qui lui trottait dans la tête... Il se dit finalement qu'il devait plonger droit devant lui. Ce qu'il voyait devant lui, c'était justement son visage ondulant dans le cercle noir de la tasse. Cela lui donna une envie de sourire inexplicable, une audace un peu chevrotante...

— Écoute, Gaby, je vous aime tous les deux... beaucoup. J'te connais pas depuis longtemps, toi, mais... j'sens... que... Enfin tu me comprends?...

— J'pense que oui, j'te comprends... Mais qu'est-ce que t'essaies de... me dire au juste?... J'peux peut-être t'aider.

— Bon, assez! Écoute, Gaby, t'as peut-être remarqué, toi aussi, que, dernièrement, que récemment... que... Salma était un peu...

— Nerveux?

— Oui, nerveux, c'est ça! Enfin, plus nerveux que je l'ai jamais vu... Mais t'en fais pas, il faut pas que tu t'en fasses, tu sais je suis sûr que c'est tout à fait... temporaire! J'le connais, Salma. C'est un homme qui a des racines! Oui, une espèce d'arbre qui sent le vent de loin et qui tremble de la tête, mais qui, au fond, est mieux enfoncé dans la vie qu'aucun de nous! T'as pas à craindre, non t'as pas à craindre, des racines, il en a!... Mais, ces derniers temps, j'pense qu'il traverse une espèce de... crise. Je suppose que ça doit être le mot, ça, crise...

— Une crise... Tu penses vraim...

— Non, écoute, peut-être que c'est un mot... trop fort, ça, crise. Je dirais plutôt une... période, oui, c'est ça, une période... Ah! maudit, les mots, j'les aime quand j'écris mes histoires mais quand j'parle, ils se mettent toujours à dire trop ou bien alors pas assez! Toujours prêts à glisser... Mais, Gaby, tu saisis ce que je veux dire, non? Et surtout, il faut pas que tu t'inquiètes!...

— Écoute, Duplex, j'suis bien, bien heureuse que tu me parles de Salma... J'ai remarqué, depuis un petit bout de temps déjà, qu'il est souvent distrait... Des fois, il est tout à fait absorbé et puis, tout à coup, sans raison, le voilà surexcité, fou comme un balai! Il se met à parler fort, à chanter!... Et tout ça sans aucune transition! Ça m'a bien paru bizarre au début. Puis, peu à peu, j'en suis venue à la conclusion qu'il traverse tout simplement une période d'adaptation, tout comme moi d'ailleurs, et que c'est sa façon à lui de réagir... Et puis avec sa sensibilité à fleur de peau, il faut bien s'attendre à des excès, non?... Seulement d'en parler avec toi, j't'avoue, ça m'enlève les derniers doutes... Tu sais, le p'tit poids que j'avais là...

— Ah! j'pense que t'as mis le doigt... Oui, bien sûr! C'est bête, j'ai même pas pensé à ça! Bien sûr!... Et Salma, en amour, il a pas été chanceux, chanceux... Ça fait qu'il s'est durci... Bien sûr, il ajuste son tir, tout simplement! C'est bizarre, mais moi, les choses les plus évidentes, je passe à côté. Et puis les petites choses de rien du tout, les choses secrètes, elles me sautent aux yeux!... Ah! Gaby, tu sais pas jusqu'à quel point ça m'rassure, ton beau calme! Ça me fait tellement chaud au cœur que tu sois une petite femme solide comme ça!

Et c'est à peine si les cocotiers nickelés frémirent lorsqu'un grand coup de rires poussa finalement Gaby et Duplex hors de l'îlot.

# 16

La camionnette s'ébranla au milieu de tant de pétarades qu'on aurait dit un feu d'artifice au beau milieu de la 18e Rue! Duplex, Gaby et Salma sautaient sur la banquette comme des enfants qui essaient de tourner un lit en trampoline, une journée ordinaire en fête, un mardi en samedi!

Une sirène de caoutchouc pendue au rétroviseur venait chatouiller le nez de Gaby installée comme un trésor entre les deux hommes. L'harmonica de Duplex débitait des chansons qui montaient dans la cabine comme la fumée d'une interminable cigarette. De ces chansons qu'on entend à dix-huit ans et qui ne nous quittent plus. Des chansons qu'on a écoutées le cœur impatient, les soirs d'été, dans sa chambre, dans le noir de sa chambre. Des chansons où tous les mots étaient les mots mêmes de notre vie, où chaque air battait au rythme de notre cœur.

Depuis le départ, Salma et Gaby, eux, chuchotaient sans arrêt; ils ne savaient pas où ils allaient, aussi imaginaient-ils des destinations toutes plus farfelues les unes que les autres... Ils énuméraient toutes sortes d'objets qu'ils avaient oubliés et dont, sans doute, ils allaient avoir un besoin pressant... Ils se faisaient toutes sortes de peurs, ils inventaient des solutions, ils riaient puis ils recommençaient à trembler pendant que Duplex, tout à sa musique, les ignorait entièrement. En fait, plus Gaby et Salma faisaient des mines, plus Duplex, lui, jouait vite et fort, laissant les sons s'enivrer d'eux-mêmes dans une valse étourdissante...

Tout à coup, Duplex laissa tomber son harmonica, prit une grosse voix d'ogre et fit frémir les deux enfants de surprise:

«Je vous amène très loin, dans les bois, dans une caverne, et là, et là, je vais vous dé-vo-rer tous les deux!... »

Et comme un fou, Duplex laissa son genou gauche prendre le volant, pendant qu'il les enfermait tous deux entre ses bras tendus. Il grognait comme un ours, mordillait chacun leur cou et sapait fort!... Gaby criait comme une perdue et Salma, qui était chatouilleux en diable, suppliait Duplex de reprendre le volant au plus sacrant! Une fois libérés, les deux taquins recommencèrent de plus belle leur petit manège...

Cette expédition sentait la magie à plein nez! Tout semblait singulier à Gaby et à Salma: les centaines de graffiti dont Duplex recouvrait tous les coins de la cabine: listes d'emplettes, numéros de téléphone, notes... Et puis, autour d'eux, ces autos qui filaient comme des fusées sur des autoroutes où ils n'étaient jamais venus. Une destination inconnue. Un fou au volant... et une journée débordante de lumière!

Gaby se sentait si libre que lorsqu'elle étendit les bras dans le dos des deux hommes, elle aurait juré qu'elle avait des ailes... Salma, lui, ne pensait plus à rien. Ils l'avaient arraché à un travail absorbant. Il s'était même fait un peu tirer l'oreille pour les suivre. Mais maintenant, maintenant, il aurait été bien en peine de dire sur quoi au juste il travaillait avec tant d'attention!... Le vent qui sciait la cabine, la musique de l'harmonica, les cheveux de Gaby, tous les petits jeux, cela seul existait maintenant... Duplex, lui, pensait bien sûr à la surprise qui attendait ses amis; cela le faisait sourire. Mais en dedans, il frémissait de voir ces deux enfants si beaux ensemble, si désirables dans l'éclat de leur amour...

Quand le placard indiquant la Sortie 26 leur apparut, Salma et Gaby le trouvèrent si brillant, si démesurément grand, si étrange qu'ils eurent la mystérieuse sensation non pas de quitter l'autoroute mais bien plutôt de quitter le monde tel qu'ils le connaissaient et d'entrer dans un univers inconnu. Ils surent en effet d'instinct qu'ils pénétraient dans un territoire qui, d'une certaine façon, ne pouvait appartenir qu'à Duplex. Ils le virent également à la lenteur qu'il mettait maintenant à conduire.

La lenteur d'un homme qui se dirige vers le pays de son enfance...

La route était toute droite et étroite. De longues herbes la bordaient. Des arbres, surtout des saules, se balançaient lentement au-dessus des fossés. Il n'y avait ni maison, ni affiche, ni vieille grange, mais ce n'était pas non plus la forêt. Des terres en friche plutôt. Duplex avait fourré son harmonica dans sa poche. Ses lèvres semblaient faire tourner toutes sortes de mots mais il n'arrivait pas à les prononcer. Une solennité si subite précipita Gaby et Salma dans une profonde rêverie...

C'est l'étonnement qui les tira de là. Ils n'arrivaient pas à le croire : la camionnette s'était immobilisée à l'extrémité d'un grand terrain de stationnement absolument désert. À droite se dressait un immense immeuble qui semblait avoir été abandonné depuis longtemps. Une manufacture sans doute. Les murs tenaient encore mais les ouvertures avaient été barricadées depuis tant d'années que les planches cédaient et laissaient le soleil venir se baigner dans des flaques de vitre un peu partout sur la façade aveugle. Comme si l'immeuble essayait encore de voir à travers ces fentes-là si le monde avait toujours le même air...

Duplex ne parlait toujours pas. Salma et Gaby, eux, se croyaient vraiment transportés sur une autre planète. Cet immeuble aveugle, bien sûr, mais surtout, surtout le pavé du stationnement. Un pavé qui n'avait pas dû être utilisé depuis au moins vingt ans, un pavé qui rebondissait de partout. L'asphalte s'était amusé dans sa solitude à éclater en petits cratères où les herbes folles avaient fait leur nid. Un pavé en révolte, une terre qu'on avait essayé d'asservir mais qui revenait petit à petit à son état premier, à ses herbes sauvages, à ses arbres, à son grand désordre heureux...

Le paysage était trop saisissant pour qu'ils pensassent à parler... Gaby se plaça entre Duplex et Salma. Ils se prirent la main et entrèrent dans la forêt. En traversant le sous-bois, ils s'abandonnèrent à toutes sortes de danses qui les faisaient rebondir l'un sur l'autre comme des bêtes heureuses... La forêt ouvrait au-dessus de leur tête un parapluie si dense qu'ils crurent quitter le jour ensoleillé pour la pénombre scintillante d'une église. Les plantes transportaient tant de sève, il y avait dans l'air tant de grillotis, de pépiements et de chuchotements que lorsque Salma s'exclama, ravi, que la rivière était là, au bout des arbres, ni Duplex ni Gaby ne l'entendirent. Et ce n'est que quelques minutes plus tard qu'ils la virent à leur tour se lever au-dessus du paysage... Et Gaby, en elle-même, s'étonna vivement de la voir venir faire des boucles si loin de la ville... Duplex, qui ne s'habituait jamais tout à fait à la voir lever la tête au-dessus des saules, pensa cette fois-ci que c'était peut-être bien des rivières, après tout, que l'homme avait appris à faire des détours, à prendre son temps, à flâner... Et il trouva la main, la petite main de Gaby dans son dos plus douce encore que le demi-jour parfumé dont ils venaient de sortir.

Le monde s'ouvrait devant eux. Les ombres n'existaient plus. La rivière et le ciel occupaient tout le paysage. Duplex prit alors la main de Gaby qui à son tour prit la main de Salma et, comme trois vagabonds, ils s'avancèrent sur un pont absolument fantastique. Au fil des ans, Duplex avait en effet construit un long réseau de trottoirs au milieu des marécages... Un trottoir si étroit par endroits que chacun devait y aller d'un seul pied à la fois et abandonner son corps à l'autre. Et puis, il fallait qu'ils fassent bien attention pour ne pas se laisser distraire par les images fantasmagoriques que l'eau faisait apparaître entre les joncs... Salma et Gaby n'en croyaient pas leurs yeux. Ils écoutaient avec enchantement Duplex les introduire à la flore qui vivait dans ces marécages magiques. Ils virent pour la première fois des joncs en fleurs. Et également la reine des eaux dont les rebords ressemblent si étrangement à la peau d'un reptile... Contrastant avec le long silence de la dernière heure, les dizaines de mots étranges et enchanteurs que Duplex prononçait avec tant de familiarité brillaient d'un éclat tout à fait exotique: laminaire, grenouillette, élodée... Et Gaby sentait dans sa main droite et dans sa main gauche deux mains chaudes comme la vie...

Subitement, Duplex défit leur douce chaîne et sauta sur ce qui sembla à Salma et à Gaby, être un îlot. Ils y sautèrent eux aussi. Et là, devant leurs visages étonnés, Duplex déclara d'une voix presque solennelle:

— Bienvenue à l'Île-aux-Boutons!

— L'Île au quoi ? s'entendit-il répondre.

— Vous avez bien entendu : l'Île-aux-Boutons, tout simplement ! Elle s'appelle comme ça, mon île, parce que quand je l'ai découverte, ah ! je devais avoir dix, onze ans à l'époque, j'y ai trouvé des centaines de boutons... Jamais compris comment ils avaient bien pu se retrouver là, mais le nom, lui, s'est imposé tout de suite... Bon, maintenant, le tour de la propriété...

Et Duplex affectait comiquement les gestes d'un grand seigneur...

— À votre droite : le banc vert. À votre gauche : la hutte. Allons ! venez, venez à l'intérieur !...

La hutte en était bien une. Faite de bouts de planches, de toutes sortes de pièces de métal, elle avait cependant à l'intérieur des grâces inimaginables : une table recouverte d'une nappe, des chaises, un petit lit de camp, des lampes à l'huile et dans les fenêtres des rideaux plus coquets que des fillettes endimanchées... Duplex narrait l'histoire de chacun des objets comme s'il se fut agi de pièces de musée. Il vantait les talents de décoratrice de Rachel. Il leur racontait toutes sortes d'histoires... Il était maintenant tout à fait sorti de sa rêverie. Salma et Gaby, eux, restaient interdits. Ils n'en revenaient pas de voir ce petit monde au milieu de la rivière. Un campement de gitans à moins d'une heure de la ville... C'était comme s'ils découvraient tout à coup un secret qu'on leur aurait caché toute leur vie, un secret qui leur appartenait à eux aussi. Duplex dut presque les faire sortir de force de la cabane. Ils voulaient essayer toutes les chaises, ils ouvraient les armoires, ils voulaient toucher à tout, ne rien manquer...

— Allons! Allons! les enfants, ce n'est que la cabane! C'est seulement le début!... Venez voir la vraie merveille, la perle des lieux...

Salma et Gaby n'avaient pas atteint la pointe de l'île qu'ils se mirent à crier. Ils ressemblaient à de grands oiseaux. Ils sautaient, ils embrassaient Duplex, ils lui posaient cent questions. Un véritable coup de théâtre!...

C'était un bateau, un bateau sans égal! Une longue cabine percée de huit petits hublots et couronnée d'un mât encombré de cabanes d'oiseaux. À l'avant, une tourelle avec créneaux servait de cheminée et pour donner à cet ensemble dépareillé et multicolore quelque apparence maritime, une figure de proue échevelée et souriante s'avançait de presque deux mètres à l'avant de l'embarcation. Son nom: Le Rachel-ma-perle. Duplex exultait! Il prenait tout son temps pour répondre à leurs questions. Il savourait leur étonnement.

— Oui, j'ai tout fait de mes mains... Ça m'a pris une dizaine d'années... et il n'est pas encore complété... J'espère bien qu'il ne sera jamais tout à fait complété. Autrement, il vieillirait, et je ne veux pas d'un vieux bateau... Ouais! J'aurais bien aimé te connaître, Salma, quand j'ai fait la figure de proue. J'en ai gaspillé des blocs de cèdre à essayer de faire sortir quelque chose d'un peu ressemblant à un visage de sirène...

L'intérieur du Rachel-ma-perle les surprit encore davantage que son extérieur. Salma et Gaby recommencèrent leurs exclamations... Ils voulaient toucher à tout et chaque fois qu'ils posaient le regard, ils découvraient une nouvelle merveille, une nouvelle bizarrerie... Les armoires s'ouvraient en poussant l'œil droit d'une petite sirène posée au mur. Les meubles avaient la forme soit d'un goéland, soit d'un phare, soit d'une vague... Et tout était bleu, de toutes les teintes de bleu imaginables... Un vrai délire! Cependant, plus Duplex s'enthousiasmait, plus les deux autres, eux, s'enfermaient dans le silence étonné des enfants qu'on amène au cirque pour la première fois...

Duplex se leva et, triomphalement, se mit à souffler longuement dans la bouche de la sirène sur le mur... Quelques secondes plus tard, le moteur se mit à ronronner sous leurs pieds et le bateau commença à fendre le ventre de la rivière très doucement, comme une caresse...

# 17

Depuis quelques heures déjà, le Rachel-ma-perle avait atteint son havre au beau milieu de la rivière : un banc de roches où quelques petits saules étonnés frémissaient sans arrêt devant leur image vacillante. De ce point, la nuit, la ville se levait, comme d'un grand lit, avec une douceur infinie. Elle laissait alors tomber sa crinière agressive et se débarrassait de sa couronne de flèches. Elle qui le jour s'enveloppait au point d'étouffer se mettait brusquement à se déshabiller avec des douceurs de femme, en rose, en azur, en mauve tendre... Elle se décolletait profondément et sa poitrine se couvrait de milliers de rayures lumineuses qui allaient se fondre en dansant sur toute la surface de la rivière.

— C'est drôle, mais j'ai l'impression que la ville, là-bas, est accroupie autour d'un gros poêle... Et toute cette lumière semble sortir de milliers de petites fenêtres de ventilation...

— Moi aussi, Gaby, c'est au feu que j'pense quand j'vois la ville d'ici... Mais moi, c'est un feu de camp que j'imagine toujours. Pourtant, j'le vois ton gros poêle avec toutes ses petites fenêtres. Il est beau!... Ah! les enfants, si vous saviez toutes les soirées que j'ai passées à imaginer que ces belles lueurs-là allaient soudain s'embraser, se lever comme d'immenses colonnes, vous savez comme dans un grand temple!... Mais toujours le bouquet de lueurs reste là, bien sagement, sur la grosse table du rivage... Y a rien qui m'fait tant de bien que de voir la ville d'ici... Elle est si petite, si fragile et la nuit, elle n'est plus qu'un hibachi géant en train de mourir... Comme la terre n'est, elle aussi, au fond, qu'une boule de feu dans la grande nuit.

Depuis que le bateau s'était immobilisé, les trois amis laissaient souvent glisser le silence entre eux. Un silence parfaitement seyant : chaud comme le petit poêle que Duplex avait allumé et frais comme l'eau qui venait se cogner la tête inlassablement sur les flancs du Rachel-ma-perle. Tout comme les arêtes de la ville, les mots, eux aussi, avaient tendance à s'évanouir... Quand ils revenaient, ils flottaient, ils n'attendaient pas de réponse, ils folâtraient... Les mots si importants, si présents, si pointus dans la ville devenaient ici presque futiles. Les amis n'avaient plus cette faim que donne la ville de se rassurer sur tout en parlant de tout...

De temps en temps, Duplex laissait chanter son harmonica. Librement. Il arrivait que Gaby suive une note qui montait, qu'elle la développe en une mélodie et alors l'harmonica se mettait à trembloter avec la voix comme s'il lui avait tenu la main... C'étaient des chansons douces, des blues, de vieux blues qui venaient aux lèvres de Gaby, surtout celui du fabuleux été... : « Summertime... And the living is easy... Fish are jumping... And the cotton is high... »

Salma, lui, s'abandonnait entièrement à sa tendresse. Pour Gaby et pour Duplex. Ses mains étaient généreuses, ses mains ne comptaient pas. Et Gaby se réjouissait de voir la simplicité avec laquelle les deux hommes se témoignaient leur affection. De les voir si libres la rendait elle-même encore plus libre.

Gaby avait depuis longtemps enterré les divisions qui mettent les hommes d'un côté et les femmes de l'autre. En fait, depuis les deux cours de récréation de son enfance. Comme si les garçons et les filles n'étaient pas faits des mêmes désirs ! Pour Gaby, la différence entre homme et femme était aussi fluide que le passage du jour à la nuit. Elle pensait que quand ces deux-là se rencontrent dans le ciel, bien fou serait celui qui voudrait mettre le jour d'un côté et la nuit de l'autre ! Même les oiseaux sont confondus à cette heure. Ils volent comme des fous dans le ciel, ne sachant plus si c'est la nuit ou si c'est le jour...

Et de voir Duplex aventurer ses doigts aussi bien dans ses cheveux à elle que dans la crinière de son amour l'enivrait. Et puis cette lumière qui venait jouer si doucement sur la peau de Salma: elle pouvait y voir toutes sortes d'ombres sensuelles s'y batailler, rebondir autour de sa bouche, remonter sur ses pommettes et replonger... Elle sentait sa tête tourner délicieusement.

Quand Duplex coupa soudain le long silence, Gaby et Salma accueillirent sa voix avec autant de joie que s'il se fut agi d'un navire sur la rivière...

— Des fois, des fois, j'aimerais donc ça avoir une immense gomme à effacer, une gigantesque, là, et recommencer le monde à zéro! Ou presque... Ouais! ou presque, parce qu'il y a des choses que j'voudrais pas voir disparaître... Mais quand même, un grand balayage de la planète, ça me déplairait pas! Je...

Duplex s'enflamma... Il finit même par se lever et il se mit à faire jouer ses doigts dans l'air comme une espèce de prophète.

— Écoutez-moi bien, mes beaux enfants, voici comment le grand Duplex s'y prendrait... Je viendrais ici même, dans mon bateau. Je me tiendrais debout, bien droit et puis là, j'parlerais au grand ciel tout noir en haut. Parce que... c'est à lui que je confierais le gros du travail. Au moins tout ce qui regarde les couleurs. Y en a pas un qui peut faire jouer les couleurs ensemble comme lui! Imbattable!... Vous vous dites p't'être que le grand mur noir, là, devant moi, il m'écouterait pas? Pensez-vous! J'lui parlerais doucement, doucement, sans faire de façons, si doucement... Pas de tonnerre pis d'éclair dans ma voix, non, pas besoin! C'est comme ça que les guerres ont commencé, puis les dieux, puis toutes les saletés qui rampent dans le monde!... Non, pas besoin de crier! J'lui parlerais comme je vous parle à vous deux, mes beaux enfants, au rythme de mon cœur. Tout doucement...

Duplex promena longuement ses mains dans la chevelure de ses amis puis, reprenant sa pose de prophète:

— Ce que je lui dirais?... C'que j'lui dirais?... J'lui demanderais tout simplement de refaire ce qui existe, oui, les mêmes merveilles, les mêmes orignaux, les mêmes montagnes, les mêmes oiseaux, mais avec plus de rouge, plus de jaune, plus de bleu, avec tout plein de couleurs vives, affriolantes, tout plein de couleurs qui sentent bon!... J'voudrais que les Tropiques soient tout partout et plus seulement une p'tite ceinture autour de la bedaine de la terre... Ah! je vois déjà ça, j'la vois déjà la grande table colorée... Et puis j'lui interdirais une seule chose à mon artiste de ciel, j'serais pas exigeant, hein, les enfants, une seule chose: les gris, les verts et puis les beiges qui vivent dans les hôpitaux, les écoles puis les métros de la terre... Pas une seule de ces couleurs tristes, c'est pas trop demander, n'est-ce pas? Et puis là, quand la grande jungle heureuse serait toute installée puis que les oiseaux, les fleurs et toutes les autres merveilles auraient été peinturées, et puis qu'elles auraient commencé à respirer, j'lui demanderais de faire apparaître les humains. Mais attention! Pas dans la douleur... Non, plus de ça!... Sur des nuages de coton doux, doux, doux et de là ils pourraient ouvrir leurs petits parachutes et s'envoler vers la terre de toutes les couleurs sur une brise légère, luisante comme une soirée de juillet, vous savez là?... J'vous garantis, moi, qu'ils atterriraient en chantant partout dans leur corps et puis ils n'oublieraient jamais plus d'où est-ce qu'ils viennent! On aurait un nouveau type d'humain et ma foi! la terre serait déjà à moitié sauvée du désastre! Parce que le grand problème, avec nous autres, humains, c'est qu'on garde le nez constamment tourné vers le bas, vers la terre. C'est comme si notre colonne vertébrale n'avait jamais été complètement terminée, ce qui fait qu'on se retrouve toujours la tête pendante... C'est comme ça que les larmes nous arrivent puis les tristesses puis les malheurs... On vient qu'on voit plus clair... Ah! les enfants, les enfants, voilà que Duplex s'emballe. C'est vrai, quand j'y pense, ça s'rait pas une p'tite affaire tout ça!... Effacer tout et recommencer... Ouais!... j'suppose qu'au fond, ma vieille Remington est plus facile à manipuler... C'est tellement simple avec elle! Quand j'aime pas les couleurs que j'viens d'étendre sur le monde, j'ai rien qu'à jeter mes feuilles au panier! Et puis, si j'aime les images qui sont sorties de mes doigts, bien j'peux lire mon histoire à Rachel, ou bien à moi-même, dans ma camionnette... Et puis j'me sens bien comme c'est pas possible! Même si la terre n'est pas la belle jungle que j'aimerais voir...

Engourdis par l'alcool, chacun se laissait glisser sur la pente d'une nouvelle rêverie... Gaby imaginait Duplex qui repeignait le monde en compagnie d'êtres bizarres, mi-anges, mi-femmes... Cette bonté d'enfant dans ce géant de Duplex, ça l'attirait tant, tant, tant... Bonté de géant, d'enfant grand, grand, grand... Et voilà que tournait maintenant dans sa tête une toute petite chanson accordée au clapotis de cette nuit magique... Duplex rêvait, était sûr de rêver de se trouver, de trouver ses bras autour de ces deux beaux enfants, autour du cou de Gaby, autour du cou de Salma... Et Salma, lui, pensait, ne pouvait s'arrêter de penser qu'eux tous, là-bas, dans la ville étaient des victimes, les victimes d'une imposture tellement grande en fait, que personne ne la voyait plus... Il se percevait lui-même comme une de ces bêtes aveuglées par la ville et il regardait Gaby et il ne voulait pas que ça leur arrive... Ça l'écœurait qu'ils puissent se faire berner de cette façon! La grande tromperie de la ville c'était comme un reflet de la réalité, un reflet multiplié à l'infini, un reflet hallucinant... Comme l'image d'un téléviseur présentant l'image d'un autre téléviseur et ainsi de suite jusqu'au vertige... Puis ces visions s'évanouissaient devant cette touffe rose, verte, jaune qui s'échappait de la ville comme d'un buisson noir... Et il avait une de ces envies d'aller cueillir ce gros bouquet pour en faire une grande couronne dans les cheveux roux, si roux de sa pomme...

C'est elle qui leur fit faire à tous une remontée soudaine:

— Pensez-vous, vous autres, que c'est l'eau qui nous rend rêveurs comme ça?

— J'pense, moi, ma pomme, que l'eau pis l'eau-de-vie mélangées comme ça, la nuit, c'est fort, très fort!... Qu'est-ce que t'en penses, toi, grand sage?

— C'que vous dites là, moi, ça m'rappelle une histoire... Une histoire que mon grand-père m'a souvent racontée... Chaque fois les détails changeaient mais l'histoire était, au fond, toujours la même... Le grand-père, il était bûcheron. Et c'est sa vie, là-bas, dans les bois, qui finissait pas de lui remonter à la mémoire pendant les dernières années... Et c'est surtout la fameuse veillée, celle du samedi soir, au camp, qui lui revenait. Jamais le dur travail, non! Toujours cette soirée-là. J'le vois encore me dire en baissant la voix, comme si c'était un secret, que c'était le moment où chacun écrivait sa petite lettre, le bout de papier qui le reliait à la bonne vie, à la femme, à la blonde, à la mère... Il parlait toujours de ça comme si ç'avait été quelque chose de religieux, presqu'une cérémonie. Et puis, il y avait ceux qui tombaient la tête la première dans la bouteille... Et c'que je n'ai jamais, jamais oublié dans son histoire c'est que ces soirs-là, il y en avait toujours un qui finissait par aller rôder près de la rivière, en bas du camp, une fois la bouteille vidée et peut-être bien aussi... la lettre déchirée. Oui, j'me rappelle, le grand-père disait que ces gars-là étaient comme ensorcelés, oui, c'est bien le mot qu'il employait, ensorcelés... Et si ensorcelés que lui, il en avait vu plus d'un, pendant ces années-là, se faire avaler par la grande langue fumante de la rivière. Et grand-père plissait toujours le front quand il arrivait à c'bout-là de son histoire, comme s'il les comprenait enfin, après toutes ces années. Comme s'il acceptait... Et il ajoutait que ça devait être parce que ces gars-là ne pouvaient plus attendre... et que la jalousie, l'éloignement et puis la jeunesse, tout ça brassé dans du gin, ça faisait le pire poison qu'un homme, même un homme fait peut prendre. Et la rivière, la belle rivière prête à les endormir pour toujours dans son lit... La rivière...

Tous trois retombèrent encore plus profondément dans leur rêverie. De temps en temps, Salma taquinait Gaby, il lui arrachait des petits cris doux. Ils jouaient comme des chiots qui se lassent soudain de sommeiller. Ces interludes pleins de petits bruits excitants faisaient danser les yeux de Duplex. Il les trouvait tellement beaux dans la liberté de leur amour. Il avait complètement oublié les inquiétudes qu'il se faisait pour Salma. Seule la chaleur de leur tendresse comptait. Et il les dévorait des yeux, là, installés tous les deux sur le petit divan bas, à côté du poêle. Deux petites bêtes heureuses... Et Duplex ne pouvait s'empêcher de retourner en lui un désir, un rêve plutôt, celui de les posséder tous les deux ensemble. Comme s'ils avaient été chacun la face d'une même séduisante personne, le jour et la nuit d'un visage irrésistible. Leur façon de se tenir la main, sa façon à elle de lancer ses cheveux en arrière, ses cheveux comme le dos d'une belle bête rousse. Sa façon à lui de pencher sa grosse tête d'homme comme un enfant totalement absorbé... Et les pommettes de Duplex lui brûlaient fort dans la petite tente bleue de la cabine.

Salma et Gaby le voyaient, le géant, sous les pommettes de Duplex, sous la douceur de ses gestes et, eux aussi, ils le désiraient. Et s'ils se tenaient encore plus près l'un de l'autre, c'était pour faire plus de chaleur afin d'embraser leur ami de l'autre côté...

Et Duplex sauta. Il sauta de leur côté. Il se mit à jouer spontanément avec eux, comme une bête en joint d'autres...

C'est le feu qui les tira de leur grande tendresse ce matin-là. Le feu de la rivière qui se laissait planter dans la crinière mille peignes dorés. Ils se sourirent tous les trois comme si le monde recommençait entre leurs cils... Et Gaby dit à Duplex :

« Tu vois bien, t'avais pas vraiment besoin de ta grande gomme pour recommencer le monde... »

# 18

Salma n'avait pas encore parlé depuis son arrivée dans l'atelier de réparations. Il s'absorbait à suivre les doigts de Duplex qui entraient, glissaient, sortaient puis revenaient dans la petite jungle du téléviseur qu'il était en train de réparer. En fait, il écoutait surtout, parce que Duplex, lorsqu'il travaillait, «parlait à son malade», comme il aimait dire. Il interpellait les lampes, il chicanait les tubes, il rassurait les fils, il encourageait les circuits... En somme, il jouait au dentiste-conteur d'histoires avec ses appareils estropiés.

Salma ne distinguait rien dans ce téléviseur sorti de son boîtier comme une grosse noix de son écale. Il y voyait quelque chose comme un petit champ lunaire ou bien une base spatiale miniature... Les paroles de Duplex, elles également, ne lui parvenaient qu'à peine. Elles semblaient s'absorber elles-mêmes au fur et à mesure. Vint même un moment où il n'entendit plus rien: il était tout entier dans ses yeux.

Il suivait, entre les lampes, l'ombre si raisonnable de son homme du 4-F. Il voyait sauter les images de son rêve, de ses rêves. Il se revoyait emprisonné dans la cabine téléphonique pas plus grande qu'un de ces tubes, tiens ! Et l'eau de la rivière qui léchait les petites fenêtres, et son père qui menaçait sa mère de sa voix tranchante, et sa petite tente sous la table de la cuisine, et les cris de sa mère, et la boule dans sa gorge, comme de la craie durcie. Et voilà qu'il revenait, entre les fils, l'homme du 4-F, bouffi de son honnêteté comme d'un bouclier invincible. Et la montée des bruits comme une radio grinçante. Au surplus, qui lui remonte dans le cœur, ces derniers jours, le visage ensanglanté de Muriel, les bruits de leur grande querelle, ses cris à lui, sa violence à lui, ses coups à lui ! Et son corps à elle, anéanti, son beau visage marqué, le sang qui lui dégoulinait du nez, la dispute sauvage, incompréhensible, aveugle. Leur séparation. Deux amoureux devenus en un tour de nuit des ennemis. Lui, plus violent qu'un chien enragé... Et Duplex qui l'a mis en garde l'autre jour, qui lui a parlé des poisons... Duplex qui chante en travaillant, Duplex qui est plus fort que tous les malheurs, qui sait résister, lui, qui a trouvé ses armes, lui, qui tient tête !... Mais Salma le savait, Salma se le disait, il ne pourrait pas tenir bien longtemps, jouer encore très longtemps. Et Gaby qui ignorait tout des bruits. Elle ne savait pas qu'il y avait dans sa vie à lui un maudit tam-tam qui le forçait presque à mener une vie parallèle, qui l'obligeait à suivre une route sombre, escarpée, dangereuse, secrète, en même temps qu'il dévalait à ses côtés la grande pente ouverte du bonheur... Ce goût de mensonge, de cachotterie dans sa vie, dans sa tête : insupportable !

Duplex avait cessé son petit monologue depuis déjà quelques minutes. Il avait abandonné son téléviseur à ses malaises. Il observait Salma. Il essayait de suivre ses yeux, de plonger avec lui dans les espaces où il disparaissait toutes les dix secondes, comme une baleine sort de l'eau pour replonger aussitôt, le temps de respirer. Il savait qu'il était revenu, qu'il était là, le poison dont Salma lui avait parlé l'autre jour. Il le reconnaissait à la fixité silencieuse du regard de Salma, à son vide, à son épuisement. Mais il ignorait comment l'extirper, comment le lui arracher de la peau, ce poison à sonnettes ! Car il était certain que ce poison-là était du genre qui colle, du genre qui se cramponne de toutes ses ventouses et que ni ses gestes ni ses mots à lui n'en viendraient jamais vraiment à bout. Salma devait lui-même mettre le doigt sur la pieuvre qui lui recouvrait le cœur. Après cela seulement, ils pourraient en parler, observer ensemble son poison, peut-être même lui donner un nom et du même coup, commencer à lui broyer la tête... Mais Duplex craignait tant pour Salma, il était lui-même si impatient, qu'il fonça dans une direction, au hasard, dans le seul but d'ouvrir une brèche.

— Salma, c'est Gaby qui te rend aussi... songeur ce matin ?

— Moi songeur... songeur? Mais j'te regardais réparer le téléviseur! J'm'amusais à écouter tes p'tits discours avec les lampes puis avec les fils!... J'ai jamais vu un technicien comme toi!

— Là, là, là! Salma! C'est moi qui t'observe depuis cinq grosses minutes!

Et Duplex tenait une main retournée contre sa poitrine comme un revolver...

— Si c'est pas Gaby, si c'est pas elle, c'est eux alors?

— Eux?

— Oui, eux, les bruits dont tu m'as parlé l'autre fois... Est-ce que ce serait pas eux, par hasard, qui se font branler le grelot dans l'téléviseur ce matin?

— Ouais! Eux... puis les autres... admit-il finalement après un silence si tendu que son visage se transforma en un masque absolument lisse et blanc.

— Ah! parce qu'elles sont pas toutes seules les clochettes de malheur? Je vois... J'te gagerais qu'elles te font faire des cauchemars pardessus le marché et puis qu'elles te forcent à déterrer des histoires que tu croyais éteintes depuis longtemps!... Et, et, elles doivent te sortir toutes sortes de petits épisodes pour te montrer que c'qui t'arrive, c'est ta faute, que tu en es le responsable... Tu dis rien... Tu la reconnais, ta maladie, c'est ça?... C'est elle, n'est-ce pas?... Mais laisse-toi pas avoir vivant, Salma, laisse-toi pas avaler comme ça! Réagis! Déballe-le ton paquet, sors-moi ça! Tu peux pas te laisser miner de cette façon!

Longtemps Salma tint les yeux fermés. Et

lentement, tel un convalescent qui recommence à marcher, il se mit à lui raconter en désordre les événements des dernières semaines. Duplex restait silencieux. Salma, lui, sautait des bruits à ses rêves, puis de ses rêves à sa poursuite de l'homme du 4-F puis à sa découverte de la femme, puis à sa peine, à sa faiblesse, à la honte qui lui dévorait ses meilleurs moments... Pendant les longues pauses du récit, Duplex avait toutes les peines du monde à avaler sa salive. Mais une intuition irrésistible le persuadait de l'importance pour Salma d'écouter le silence entre ses bribes d'histoire, que ces silences-là devaient être comme des étoiles qui le pilotaient dans sa marche...

Salma commençait à sentir un espacement, une espèce d'allégement qui lui permettait de voir enfin les événements passés dans un miroir qui leur restituait leur grandeur réelle... Il la voyait, sa vie de ces dernières semaines, mais criblée de trous, semée de terriers qu'il avait lui-même creusés avec son silence, avec sa pudeur aussi... Et cela qui le préoccupait plus que tout ces derniers temps, la nuit, cette nuit désastreuse où il avait rompu avec Muriel, ce point rouge dans sa mémoire, voilà que ça lui montait irrésistiblement à la bouche et qu'il allait bien falloir qu'il en parle pour ne pas éclater. Et il en parla.

Salma raconta tout. Il aurait été bien en peine de dire comment ça s'était passé, comment il était passé aux aveux. Car c'était bien d'aveux dont il s'agissait : une histoire que des années de dissimulation dans sa mémoire avaient transformée, ces derniers temps surtout, en une plante empoisonnée. Un geste bouleversant, incompréhensible qui l'avait forcé sans qu'il s'en rende d'ailleurs trop bien compte à rapetisser sa vie de plus en plus depuis cinq ans. Plus qu'une rupture, cela avait été un précipice au beau milieu de sa vie...

Muriel, son grand amour. Sa folie. L'arbre auquel on donne toutes les vertus, toutes les forces, toutes les couleurs... Un soir, sans raison, la bouche dure, le visage absent, loin déjà, elle lui avait dit le plus simplement du monde qu'elle ne l'aimait plus. Comme quelqu'un se débarrasse d'un vêtement démodé. Quatre années d'intimité pulvérisées au moyen de quelques mots de caissière indifférente et lasse... La suite: une nuit d'enfer, des cris, des pleurs, puis, la violence. Une grêle de coups. Salma avait sauvagement battu Muriel. À tour de mains. Ses mains aveugles guidées par la seule absurdité de la situation et le débit bourdonnant de son sang. Ses mains déchaînées, comme si elles n'appartenaient plus à son corps. Il s'en souvenait, il les revoyait encore frapper en tous sens comme si elles avaient été dirigées de l'extérieur. Ses mains qui fouettaient, qui blessaient, qui violaçaient l'objet même de toutes ses tendresses...

Cela était resté pris comme un tison dans sa mémoire.

Au début de son récit, il s'était arrêté fréquemment. Il avait honte. Il avait l'impression de faire un sacrilège contre sa mémoire, contre sa dignité, contre une image qu'il avait de soi-même... Mais le bras de Duplex sur son épaule, l'urgence du bonheur dans sa vie, le front ouvert du ciel ce matin-là, le visage rond de Gaby, la nécessité de nettoyer la plaie... Il avait finalement tout raconté. Comme quelqu'un qui a longtemps retardé une visite chez le dentiste et qui, un bon matin, laisse tous ces instruments tant redoutés explorer chaque coin de sa bouche.

Et Duplex n'avait pas eu l'air surpris un seul instant. Ses yeux ne s'étaient pas affolés. C'est même lui, Salma s'en souvenait, lui, Duplex, qui faisait les liens entre les pauvres phrases qui sortaient toutes tremblantes de sa bouche... C'est Duplex également qui empêcha à plusieurs reprises que son histoire ne retourne se tapir dans sa gorge. Pas un instant il n'avait quitté son visage de géant heureux, Duplex... Et quand Salma était arrivé à l'épisode le plus brûlant, au moment où les mots lui écorchaient le plus la bouche, Duplex lui avait pris les mains et les avait tenues fort tout le temps que son récit avait duré.

Duplex n'avait pas laissé le silence flotter une seconde entre eux. Il s'était tout de suite mis à parler. Il avait raconté la même histoire, mais avec les mots de son cœur à lui. Et Salma, pour la première fois, comprenait vraiment ce qui s'était passé cette nuit-là... Il connaissait bien sûr les faits par cœur. Ce cortège d'images l'habitait depuis tant d'années déjà qu'il aurait pu en faire un film. Mais c'est sa honte, une honte insurmontable, qui l'avait toujours empêché de se donner une perspective. Il n'était jamais arrivé à voir, dans cette nuit d'enfer-là, plus loin que son poing, plus loin que le sang sur le visage de Muriel, plus loin que l'aveuglement qui avait sauté sur lui comme une bête sauvage. Et l'histoire que Duplex racontait était justement l'envers de celle qu'il repassait dans sa tête régulièrement depuis cinq ans. C'est un peu comme s'il n'avait jamais pu voir de sa maison que l'arrière, ses poubelles et sa ruelle. Il avait fini par oublier qu'elle avait également un grand balcon blanc à l'avant, des fenêtres heureuses, une boîte aux lettres... Duplex lui disait qu'il s'était tout simplement perdu dans une forêt. Et que là, il avait dû couper des arbres, qu'il avait eu faim, que des bêtes l'avaient encerclé, qu'il avait eu peur, qu'il avait perdu le contrôle, que son poing lui avait écrasé le cœur, que les cris des bêtes l'avaient fait chavirer, et qu'il fallait se pardonner à soi-même, qu'il fallait qu'il s'aime avec cet épisode-là dans la mémoire, comme l'arbre continue de vivre, lui, même si l'orage vient de lui arracher la moitié de ses branches... Et toutes ces paroles, vraies comme des légendes, faisaient monter dans le corps de Salma une vague de bien-être telle que ses yeux se mirent à observer les choses d'une autre façon...

C'était déjà le soir quand Salma rentra chez lui. Il se sentait différent. Si différent qu'il se prit à penser que ça devait être la vie, la très mystérieuse vie, qui, sans doute, avait déjà commencé de remblayer elle-même le grand trou qu'il s'était fait à la mémoire il y a cinq ans...

# 19

Dès le lendemain matin, Duplex était chez son ami.

Il gardait sa large main droite sur le genou de Salma installé tout près de lui. Il ne parlait pas. De sa main gauche, il tapotait l'établi, glissant ses ongles entre les planches comme s'il y cherchait quelque secret. Tout son visage bougeait dans ses yeux.

Depuis ses aveux d'hier, Salma, lui, se sentait régénéré. Son corps suivait son cœur dans l'abandon. Ses jambes s'allongeaient si loin qu'on aurait dit un pont par-dessus les taches de soleil immobilisées sur le plancher comme des navires qui attendent leur pilote sur le fleuve... Il se sentait comblé. Et si léger, si léger... C'était un peu comme le mois de mars qui aurait ouvert une journée de printemps à l'avance, en plein cœur de l'hiver, pour le plaisir.

Et puis Duplex s'était mis à lui parler de l'histoire qu'il était en train d'écrire. Mais il lui en parlait pour le vrai aujourd'hui. Pas en passant, pas en allusions, pas timidement. Il lui donnait des noms, il lui montrait des visages, il s'enflammait, il faisait même résonner leur voix...

« Tu vas rire, Salma, mais j'ai... l'impression de te présenter là les enfants que Rachel puis moi, on n'a pas eus... Ça m'fait tellement drôle de t'parler de ce monde-là, c'est bien simple, là, j'sens mon cœur qui flotte en dedans... Mais pas parce que je suis triste ! Non, bien plutôt parce que ça m'excite jusqu'au bout des orteils !... »

Salma et Duplex se regardèrent alors longuement, se sourirent plutôt. Puis Duplex laissa le genou de son ami et rassembla ses deux mains sur le cartable noir qu'il se mit à caresser.

« J'parle bien d'eux avec Rachel, mais c'est différent, parce que vois-tu, elle assiste à leur accouchement à chacun d'eux ! Elle les voit pour ainsi dire naître, grandir, vivre et puis des fois mourir le même jour, ceux-là bien sûr qui n'ont pas la force de vivre par eux-mêmes... Oui, parce que les personnages dans les histoires, ils sont pas tous capables de faire le voyage ! Ils sont comme nous autres : vivants puis vulnérables... Il y a une sélection qui se fait là aussi. En tout cas, c'est comme ça que ça s'passe dans mes histoires à moi... »

Duplex ouvrit alors cérémonieusement le cartable noir comme font les prêtres avec les livres sacrés. Il se mit à fouiller les poches de sa chemise, en sortit une vieille paire de lunettes qui tenait à chaque coin, comme par miracle, avec des boulettes de ruban adhésif et il lança quelques mots amusés comme s'il devenait tout à coup conscient et intimidé par ses airs d'officiant... Le géant nonchalant et hâbleur ressemblait maintenant à un tout petit homme, à un vieillard. Ses traits s'effaçaient ou plutôt se fondaient dans ses yeux qui, eux, plongeaient dans le ravin du cartable noir comme s'ils n'allaient plus jamais remonter. Et Salma l'aurait juré, il voyait maintenant s'élever dans la chambre toutes sortes de petites boules noires qui se tenaient la main en faisant des bruits doux et familiers...

*Florida n'avait pas encore réussi à fermer l'œil. Et la nuit allait bientôt culbuter dans le jour. Son ventre lui faisait si mal qu'elle ne pouvait même pas se tourner pour trouver un répit dans la blancheur des draps encore frais. Son corps était si fatigué qu'elle n'aurait sans doute pas été étonnée de voir sa peau se détacher de ses os, sous ses propres yeux, comme une longue enveloppe très mince, désormais inutile... Et elle sentait des tiraillements tels et des brûlements si aigus qu'elle s'était mise à imaginer, pour calmer sa douleur, que deux armées s'affrontaient, là, dans son ventre. Chacune des armées voulait le conquérir, son petit ventre déformé, mais elle devait tenir bon, elle devait être forte, elle ne devait pas céder ni à l'une ni à l'autre... Avec l'âge, c'est ainsi qu'elle avait appris à voir ses douleurs : comme des batailles, comme de petites guerres, comme des disputes de village qui toujours, un moment donné, se terminaient et la laissaient en paix. C'est pour cette simple raison qu'elle se forçait à rester éveillée, jusqu'à l'épuisement : empêcher que l'ennemi, le méchant, ne gagne la bataille !*

*Quand la douleur se faisait trop aiguë, elle se concentrait sur les plus petits détails, comme par exemple les vêtements des soldats qui se chamaillaient dans le creux de son ventre. Ainsi, cette nuit, voyait-elle une armée habillée de rouge et l'autre de vert. Et puis, il y avait les drapeaux, les étendards, les bannières et les couleurs, les croix, les fleurs de lys, les cœurs, les épées, tant de choses à observer que ça forçait presque sa douleur à se retrancher à petits pas... Quand le méchant la laissait enfin tranquille un instant, elle écoutait dormir son vieux à côté d'elle ou bien elle suivait le ronronnement de Fidèle, rond comme une tarte gonflée au pied du lit. Les deux derniers enfants que le bon Dieu lui avait laissés à veiller...*

*La maladie, elle avait décidé que c'était comme le reste de la vie. Il ne fallait pas s'arrêter aux apparences mais plutôt voir à quoi ça pourrait bien ressembler si on en faisait quelque chose comme... une séance. Florida avait toujours été friande de séances. Elle n'en avait jamais manqué une au couvent. Et maintenant qu'elle était vieille, depuis que les enfants étaient partis, depuis qu'elle avait le temps de rêver tout son soûl, elle s'était mise à tout voir en séance. Elle pensait à la vie de Jésus, à sa vie avec Paul, à sa propre enfance, à ses grandes peines, à la vie de ses enfants et à celle de leurs enfants comme à une merveilleuse et interminable séance. De cette fa-*

*çon, les choses banales ou tristes ou ennuyeuses finissaient par prendre une allure presque captivante... C'est ça qu'elle faisait déjà lorsqu'elle élevait sa famille et que l'argent était rare: elle changeait le col de sa robe vieille de dix ans et c'était une nouvelle robe, elle recouvrait d'une sauce le pâté chinois de la veille et ça s'appelait le pâté des quêteux. Les enfants ne se rassasiaient pas de ses pauvres petites inventions. Elle ne s'était donc pas sentie prise au dépourvu lorsque son Paul était retombé en enfance, comme on disait poliment de lui dans la famille pour ne pas l'offenser... Comme si de le voir rêver à temps plein pouvait l'offenser, elle! L'adaptation avait donc été simple: leur vie s'était mise à ressembler à une interminable séance, du matin au soir... Encore une fois, elle trouvait la vie bien étrange: Paul qui, toute son existence, avait refusé de se laisser aller à rêver, même à rêvasser le soir, l'hiver, en fumant sa pipe, c'est lui qui maintenant les forçait tous les deux à vivre dans un rêve perpétuel... Elle se disait des fois que c'était peut-être bien une revanche de la nature, que c'est sain de rêver, que les animaux le font sans se gêner, eux...*

*Cette nuit-là, Florida en vint à la conclusion que l'armée des petits habits verts semblait gagner la bataille parce que la douleur la quittait peu à peu. Parce que les verts, dans sa tête, c'étaient les bons, et les rouges, bien sûr, c'étaient les mauvais... Enfin elle pensa qu'elle allait pouvoir rejoindre Paul et Fidèle dans le grand puits heureux du sommeil... Elle commençait à étirer ses membres librement et s'abandonnait sans souffrir à sa position préférée lorsqu'une fois de plus, comme presque toutes les nuits, Paul se mit à marmonner des choses qu'elle ne comprenait pas mais qui, inévitablement, annonçaient qu'il allait bientôt se dresser sur son séant, les yeux plus grands que des vingt-cinq cents. Cela signifiait également qu'il allait ou bien lui poser quelque question embêtante ou bien lui raconter que quelqu'un, dans son rêve, lui voulait du mal ou lui annonçait un malheur... Ça ne manqua pas...*

*— Florida, Florida, j'viens juste d'la voir, oui, j'viens d'la voir... la maison chez nous, la maison du père... Puis j'ai vu la rivière itou, comme j'te vois là!... L'eau était toute noire... une vraie écœuranterie! Et, et, et ils sont en train de la démolir, la maison... Imagine-toi donc! Ils construisent un chemin, ouais! ils jettent la maison du père à terre pour un maudit chemin! Il faut arrêter ça au plus coupant! Il faut que tu m'aides, Florida, il faut que tu m'aides!...*

*— Ben voyons donc, Paul, tu sais bien qu'la maison chez vous est toujours à la même place, bien plantée à côté de la rivière. Rien, j'te dis, rien pourra jamais la déraciner de là! Ça fait plus de cent ans qu'elle monte la garde, elle est plus solide, ma foi! que n'importe quel arbre autour...*

*— J'te dis, Florida, ils sont en train d'la démancher pour faire passer cette maudite route-là!... Ils commencent même à l'construire, leur pont, sur le dos de la rivière... Ils sont sérieux, ils sont sérieux!... Puis l'eau qui était si claire,*

*tu t'souviens? Quasiment d'l'eau de source! C'est d'la bouette maintenant, d'la bouette! Qu'est-ce qu'on va faire? On peut pas les laisser démolir la maison du père comme si c'était rien qu'un vieux poulailler! Lui qui a tant trimé dessus, qui a découpé chaque pièce, qui l'a tout isolée avec d'la paille bien sèche, tu l'sais bien, Florida, une maîtresse maison dans le rang pis même dans le canton! Qu'est-ce qu'on va faire?... Il faut que tu m'aides, ma Florida, il faut que tu m'aides!...*

*Paul était maintenant assis bien droit dans le lit. Ni les petites mains douces de Florida dans son cou ni les grands yeux attentifs de Fidèle ne pouvaient le calmer. Il gesticulait avec une énergie presque féroce, dessinant la maison dans les airs, pleurant, criant, implorant Florida à tout moment de faire quelque chose... Florida, elle, ne quittait pas les yeux du chat comme si elle y cherchait quelque inspiration. Elle coupa net les jérémiades de son mari.*

*— Écoute, mon vieux, j'ai une idée... J'pense que ça peut marcher... Tu t'souviens du dénommé Pigeon qui vivait à l'embouchure de la rivière Sauvage?*

*— Oui, oui, Florida, j'me souviens de lui! Pigeon, Pigeon, il faisait la pêche... Il venait nous les vendre à domicile, ses anguilles... Pour sûr que j'me souviens de lui! Du bon monde... Il peut nous aider tu penses?*

*— J'le penserais bien... Il doit toujours avoir son p'tit bateau... J'vais lui téléphoner tout fin dret! S'il a toujours sa chaloupe pis s'il est assez bon pour nous la prêter, on va la remonter la ri-*

*vière, à soir même, et puis tu vas voir que la maison de ton père est encore bien debout, tu vas voir, mon vieux, tu vas voir...*

*Florida s'enveloppa de sa robe de chambre de flanelle et, suivie du chat, elle trottina jusqu'à la cuisine. Elle y fit toutes sortes de bruits et déplaça le mobilier pour la petite séance qu'elle préparait pour calmer son vieil amour. Elle revint dans la chambre au bout de quatre, cinq minutes, informa Paul que Pigeon avait toujours sa chaloupe et qu'il la leur prêtait avec plaisir. Ils pouvaient donc aller vérifier eux-mêmes si la maison montait toujours la garde au bord de la rivière. Elle lui couvrit les épaules, lui mit son chapeau et, Fidèle en tête, la petite troupe se dirigea vers la cuisine où, Florida insistait, la chaloupe de Pigeon devait déjà les y attendre...*

*Le vieux ne vit pas les trois chaises installées l'une derrière l'autre et recouvertes de grandes nappes blanches... Ce qu'il vit, c'est trois places au fond d'une chaloupe... Il était si heureux! Il installa aussitôt Fidèle au centre et lui, il s'assit en avant... Florida, se servant de deux balais en guise de rames, se tenait à l'arrière de l'étrange embarcation. Elle commença à agiter les balais dans un mouvement semblable à celui des rames et emplit la pénombre de la cuisine de petits bruits: Plouf, plouf, plouf, plouf, plouf, plouf, plouf...*

*— Ben regarde-moi ça, Paul... Les Côté ont un nouveau silo, tout en ciment!... Plouf, plouf... Ça doit être humide sans bon sens là-dedans pour le grain... Plouf, plouf...*

*— Inquiète-toi pas, Florida, si les Côté ont fait bâtir ce silo-là, c'est qu'il doit être bon! Ils n'ont jamais jeté l'argent par les fenêtres!... Ça n'a pas changé une miette, hein, Florida?... Regarde-moi ça, la p'tite forêt de pins des Lesieur est toujours là... Il manque pas un seul arbre!... Et puis vois-tu, là, la cache du père Laplante, juste là... Tu vois?... Un fameux chasseur, le père Laplante!... Ah! que j'aime donc ça me promener en chaloupe avec toi, comme quand on était des jeunesses... Tu t'souviens, on passait nos dimanches après-midi à longer le rivage?... Que c'est-y beau, que c'est-y beau!...*

*— Oui son père, c'est beau notre coin de pays!... Plouf, plouf, plouf... Regarde là-bas, à droite, tu vois?... C'est... oui, c'est déjà le pignon de la maison chez vous qu'on voit pointer!... Là, regarde entre les joncs... Plouf, plouf, plouf... Ça sera pas long qu'on va arriver, ça sera pas long... Plouf, plouf, plouf...*

*— Ah! ma maison! Pareille, pareille comme elle était quand mon père l'a laissée... Et puis t'avais raison, j'vois pas de chemin en construction, puis pas de pont non plus... Ouais, les deux cheminées, et puis, là, à droite, l'orme... Ah! j'me sens ben mieux maintenant!... J'ai eu peur sans bon sens, Florida, j'ai-t-y eu peur! Mais, toi, tu dois être fatiguée de ramer comme ça, ma Florida! On peut revenir à la maison maintenant... Puis le bon Pigeon peut bien avoir besoin de sa chaloupe, c'est le temps de la pêche aux anguilles... Que je suis donc content, Florida, que je suis donc content!...*

*Florida ramena la chaloupe à bon port et l'équipage refit le chemin vers la chambre à coucher au milieu des bâillements de Paul... Florida était si heureuse de voir que cela avait réussi à calmer l'angoisse de son mari. Tous les trois reprirent le grand lit, le bateau de la nuit... Florida, épuisée, se laissa glisser dans le sommeil. Au moment où elle allait sombrer, elle sentit le bras de Paul sur son épaule et sa voix lui chuchotait à l'oreille :*

*— As-tu remarqué, Florida, as-tu remarqué que les gens qui vivent dans la maison chez nous ont repeint le tour des fenêtres en vert ?... C'était bien plus beau en bleu, tu penses pas, Florida ?...*

Duplex remit lentement ses lunettes dans la poche de sa chemise et redevint tout à coup le géant que Salma connaissait.

Les deux amis gardèrent entre eux un long silence comme on enferme un chat qui dort entre ses bras...

# 20

Salma se répétait sans fin qu'il était guéri, que c'était fini! Et c'est le « i » de fini qui restait accroché à son oreille. C'est le son joyeux de dizaines de petits « i » à la queue leu leu qui l'envahissait. Il oubliait la cause de sa joie tellement celle-ci était vive! La mélodie des « i » lui courait dans le corps, lui donnait la chair de poule, l'extasiait. Il se sentait tout à coup très fort. Il venait de la rencontrer. Elle. La femme du 4-F. Dans l'escalier.

Elle montait. Il descendait. Il a tout de suite reconnu son petit pas traînant puis sa silhouette disproportionnée. Il ne l'a pas quittée du regard un instant. Elle a gardé les yeux soigneusement baissés. Elle montait vers lui. Elle approchait. Il a pu retenir un geste: sa main qui voulait la toucher au passage, sa main qui voulait s'assurer que tout allait quand même, qu'elle ne perdait pas courage ou tout simplement qu'elle ne souffrait pas trop. Sa main est restée enfoncée dans la poche de son pantalon. Et elle n'était même pas fermée comme un poing. Sa main était molle! Et ses yeux n'ont pas essayé de la couvrir, de l'envelopper, de la protéger. Il voulait cependant sentir sa peau, s'assurer que la vie continuait néanmoins de faire couler ses odeurs rassurantes en elle... Mais lorsqu'il est passé à côté d'elle, il n'a même pas pu la frôler. C'est son sac à provisions qu'il a frôlé et la seule vie qu'il a sentie venait des deux gros pieds de céleri qui dressaient leur crinière jaune et verte. Il n'a pas essayé de... Il ne s'est même pas retourné... Lorsqu'il est arrivé dans l'entrée de l'immeuble, le cœur battant il est vrai, il crut que la porte avait disparu. Le soleil était si éblouissant qu'il balayait l'encadrement lui-même. La porte était une grande tache aveuglante.

Pour la première fois depuis très longtemps, il se sentait parfaitement en accord avec le monde. La porte éclatait et lui, il venait de résister à une tentation mortelle. Il n'avait pas eu peur, ses mains ne s'étaient pas serrées. Seul son cœur s'était emballé mais sa bouche...

Il était maintenant si pressé d'arriver à son rendez-vous qu'il sauta dans un taxi, chose qu'il ne faisait jamais.

Dès qu'il vit Gaby, Salma sut qu'elle tournait autour du pot. L'inévitable pot qu'on doit remplir de mots parce que le visage ne suffit plus, parce que les gestes ne sont pas assez. Il savait qu'elle voudrait qu'il lui donne des mots. Parce que les mots sont sûrs, eux, ils établissent clairement les lignes, eux. Mais Salma avait toujours eu peur des mots. De ces mots-là surtout, des grands mots qui veulent trop dire et qui vous figent sur place pour des années, quelquefois pour la vie. Il ne voulait pas se laisser enfermer ni enfermer Gaby. Et il constatait que c'était toujours à ce moment, au moment des mots, qu'il avait dû couper le fil. C'est toujours à ce moment-là en effet qu'il avait dû arrêter le cours de relations qui semblaient, d'autre part, pleines de promesses. C'était arrivé trois, quatre fois. Ces visages du passé lui remontaient dans la gorge et il se sentait nerveux sans bon sens. Il ne voulait pas céder au petit jeu des mots mais par ailleurs il sentait qu'il aimait déjà Gaby assez pour craindre réellement de la perdre par son mutisme.

Gaby, elle, restait absolument silencieuse. C'est à ce signe, rare chez elle, que Salma avait tout de suite compris que peut-être, elle aussi, allait le mettre à l'épreuve... Mais sa rencontre dans l'escalier lui avait donné une force presque inébranlable.

Ils se trouvaient dans la serre municipale. Assis sur un long banc de pierre semé de taches de mousse. Salma se concentrait sur les palmiers qui se balançaient dans la grande coupole avec des airs d'animaux dénaturés et heureux. Tout ce vert, tant de fleurs, toute cette vie insouciante dans son abondance le frustrait. Il se trouvait tellement impuissant devant la mine soucieuse de sa délicieuse petite femme. Il aurait voulu la prendre dans ses bras et aller se balancer avec elle sur les lianes de bougainvilliers roses qui pendaient devant eux comme de grosses chenilles frémissantes. D'autant plus qu'elle était vêtue cet après-midi-là d'une sage petite robe de couventine faite d'une étoffe si mince que des étincelles de chair éclataient un peu partout. Salma avait une de ces envies de la croquer! Mais les mains rivées au banc de pierre, il se forçait à caresser les îlots de mousse et restait muet. Il avait l'étrange sentiment de se trouver au bord d'une eau magnifiquement transparente, attirante et bleue mais que cette eau pourrait l'empoisonner s'il la buvait. Il le savait: s'il lançait le premier mot, il était perdu. Ils étaient perdus. Parce qu'il sentait qu'aujourd'hui les mots voulaient saper son bonheur. Seuls les maudits mots pouvaient éteindre le visage de Gaby comme ça, seuls les mots pouvaient geler ainsi le froufrou de ses mouvements... Et il ne parlait pas, il tenait bon même si ça lui brisait le cœur de la voir toute renfrognée, rongée par cette faim vorace des mots, des petites formules vides qu'on vous apprend à attendre. Salma tenait les poings bien fermés sous ses cuisses. Et son cœur battait fort.

Enfin Gaby le regarda bien en face. Son visage était dur. Elle n'était plus elle-même, elle ployait sous des forces qu'elle ne connaissait pas, qu'elle ne reconnaissait pas. Elle avait peur, et sa force à elle, sa grande tendresse, semblait se diluer dans ce venin qui lui courait dans le sang. Elle regarda Salma et ce qu'il vit ne fut pas la dureté ou la méchanceté, ce qu'il vit fut le visage de pierre des mots, la face dévorante du monstre qu'il craignait plus que tout, le monstre qui l'avait fait reculer dans sa solitude depuis des années. Il eut peur.

— Tu sais, Salma, je ne te demande rien... Crois-moi, je n'attends rien de toi, non, rien...

— Tu mens, Gaby... tu attends beaucoup de moi! Et moi, j'attends beaucoup de toi, mais je ne suis pas prêt à te donner ce que n'importe qui peut te donner... Je ne peux pas te dire ces mots-là...

— Qu'est-ce que tu racontes? Ces mots-là, j'attends beaucoup de toi... mais de quoi est-ce que tu parles?

— Mais, Gaby, c'est toi qui parles! Entends ta voix, regarde tes mains, sens les muscles de ton visage... Écoute-moi bien: il faut tout d'abord que tu te laisses aller... Tout doucement... Viens ici! Là, sur mon épaule... Abandonne-toi... Ne me déteste pas... Laisse-toi aller, ne pense plus, ne te laisse pas avoir par les mots qui se promènent dans ta tête actuellement... Ils veulent t'avoir, crois-moi... Fais-moi confiance... Bon, tu vois les muscles de ton visage sont déjà plus souples, tes joues rebondissent, tes belles joues d'amour, ma belle grosse fille... Allons, laisse-toi aller, regarde la tête des palmiers là-haut... Tu vois, ils se balancent, ils sont libres, ils sont heureux... Comme nous, comme toi et moi... Bon, bon, j'te sens toute molle contre moi... On peut se parler maintenant, quand tu voudras...

— Mais... tu ne m'aimes pas, c'est ça?

— Tu ne penses tout de même pas que je vais répondre à cette question-là avec des mots, hein? Quand est-ce que tu m'as entendu te dire que je t'aime?

— Pas une seule fois, justement!

— Justement, et, et est-ce que tu crois que j'ai le comportement de quelqu'un qui t'aime, si tu écartes, bien sûr, tous ces aveux que tu n'as jamais entendus de moi?

— Tu sembles être... Je trouve... Tu as l'air...

— C'est tout, ma belle boule?

— Voyons, Salma, tu le sais bien, j'te trouve, enfin, t'es un gars rare, je te l'ai dit la première fois... Et je pense que c'est vrai plus que jamais, mais t'es tellement... indépendant. Tu sais, ce qui arrive, je suis pas certaine, ça doit être que... Ah! et puis, je sais pas ce qui me prend cet après-midi...

— Ma belle pomme, moi j'pense que j'le sais ce qui te prend cet après-midi... C'est les mots qui essaient de t'avoir! Tu veux absolument entendre certaines choses... Tu veux des assurances, tu veux quelque chose de solide et tu penses que les mots, ça, c'est solide! Mes baisers, mon corps, mon temps, mon sourire, mes p'tites histoires à moi, ça c'est pas solide, c'est pas permanent! Mais les mots, eux, on peut s'y fier!... Si je te dis que je n'aime que toi, tu peux être certaine que je n'irai pas me jeter dans les bras d'une autre femme en te quittant ce soir... Mais les mots, Gaby, moi, je les fuis comme la peste! Ils m'ont gâché une bonne partie de ma vie... J'ai déjà vécu pour des mots au point d'en oublier les personnes... Les mots, ma pomme, sont comme des étiquettes sur des produits... C'est des masques, des beaux masques mais des masques quand même!... Moi, c'est pas des mots que j'ai à te donner. C'est tout le reste! Ce que tu veux en moi, tu le prends et quand tu seras certaine que tu aimes le goût que j'ai, bien là, je pourrai t'en donner des mots, mais à ce moment-là, tu n'en voudras même plus!... Est-ce que tu... ce que je te raconte?... Et puis... si tu m'en veux actuellement, ne t'en fais pas, c'est normal, tu es en train de digérer... C'est bon signe, allons! Tout ce que je veux, tu comprends, c'est qu'on ne tombe pas dans le filet des mots, parce qu'on n'en sortira pas vivants... Et moi, c'est vivant que je te veux!... Et n'aie pas peur, je ne te demanderai pas de me sauter au cou! Je sais très bien que tu n'en as pas envie... Rien n'empêche que je te trouve bien excitante dans ta petite robe d'écolière...

Salma se leva et entraîna Gaby. Il lui tenait le bras très fort pendant qu'ils suivaient de tout petits sentiers pierreux tachés de flaques d'eau qui leur renvoyaient encore plus de vert dans les yeux... Il lisait en chantant les étiquettes placées devant les plantes tropicales, il faisait des grimaces, il riait très fort. Il aurait tout fait pour tirer Gaby de sa tristesse même s'il savait que celle-ci était nécessaire. Mais il voulait lui rendre ces moments-là les plus doux possible car, il s'en apercevait à son agitation, il l'aimait comme jamais il n'avait aimé une femme...

Et il se sentait tellement heureux qu'il se mit à faire le bouffon... Il se dandinait comme un enfant et elle, très doucement se mit à jouer dans ses cheveux...

Les doigts de Gaby étaient si petits et semblaient si perdus dans la tête touffue de Salma qu'on aurait dit cinq brindilles de paille restées collées là...

# 21

Madame T. restait étonnamment muette. Elle offrait à ses invités le profil d'un oiseau qui scrute l'horizon. Très lentement, sa main gauche refaisait pour la dixième fois le chemin des fils de soie dans le petit paysage du coussin. Ses ongles luisants reflétaient le mystère de la lampe de chevet comme cinq fenêtres dans la nuit. On ne voyait pas ses pieds.

Installé sur un pouf, Duplex avait l'air d'un grand garçon assis sur une chaise de poupée. Salma, lui, du creux de son fauteuil brun, jouissait pleinement de la scène. Bien plus que les ongles de Madame T., ce sont ses lèvres, si vibrantes, qui retenaient toute son attention. Lorsqu'il les vit secouées de petits mouvements secs, il reconnut là le signal d'un épanchement imminent.

— Mon cher Salma, et vous mon bon monsieur Duplex, croyez-moi, l'émotion m'étouffe ! Je n'exagère en rien ! Salma peut en témoigner : seul mon cœur parle en moi. Le reste, ah ! le reste a cessé de vivre il y a si longtemps... Donc, je sais que se trouvent dans cette boîte, Salma, des créatures qui sont nées de vos mains, de vos nuits, de votre cœur. Et de les savoir ici, dans ma maison, me tourmente plus que je ne saurais le dire! Parce que, vous ne l'ignorez pas, ces petites créatures vont prendre une place immense dans ma vie. Elles voudront toute mon attention... Elles interrompront mes lectures, elles chercheront même à savoir à quoi je rêve! Ah! quel tourment! Ma vie ouverte comme une grande armoire à tous ces petits yeux impatients d'apprendre! Et ce n'est pas tout... Comme ce sont de jeunes fées, elles doivent être initiées à leur vocation. Car être fée n'est pas une mince affaire! Surtout à une époque aussi sombre que la nôtre où la première venue, parce qu'elle fait un film, se croit investie de pouvoirs magiques! Il faut absolument restaurer la dignité de cette grande vocation qui fait des fées les vrais porte-parole de la magie de l'univers... Ces actrices me dégoûtent! Elles sont le produit de produits! Parfaitement! Leur renommée ne tient qu'à ces pommades au lait de je ne sais quoi et plus encore aux filtres des lentilles de caméra... Elles n'ont pas cette force qui vient de l'âme, rien mais alors rien de l'énergie, de la seule énergie qui compte vraiment: celle de l'esprit! À mon époque, nous devions trimer dur sur de petites scènes, dans des salles à demi vides, mais le feu, le feu nous consumait, mes amis, le feu nous dévorait vivantes sur les tréteaux!... Voilà pourquoi l'œuvre qui m'attend maintenant est si importante et tellement pressante! Notre monde, mes amis, notre monde a besoin des êtres magiques, des fées, des génies, des sorciers, des dieux... Oust! Oust! vous toutes, vedettes de papier mâché! Hors de ce monde, marionnettes de la pellicule! Je suis si fatiguée de ces faux messagers du spirituel, de ces avortons de messie! Je n'en peux plus de voir notre univers se faire ronger vivant par ces vermines! Et nos enfants, nos enfants, mes amis, quelle sorte d'imagination leur bricole-t-on ainsi? C'est catastrophique! Mais je le jure, je le jure, je ferai de ces créatures de véritables fées! Elles seront, elles, d'authentiques témoins de ce monde merveilleux qui dort en nous! Je le jure! Je le jure!...

À mesure qu'il voyait la voix de Madame T. s'élever, Duplex, lui, allongeait les jambes. Tant d'excès venant d'une personne si menue le terrifiait! Il avait les yeux ronds comme ceux d'un enfant qui voit pour la première fois un vieillard faire une colère et qui ne peut y croire... Au fond, c'est qu'il ne parvenait pas à réconcilier la douce image un peu surannée qu'il s'était faite de Madame T. avec la furie qui se déchaînait devant lui. Il se voyait servir une harangue endiablée alors qu'il s'était préparé à entendre de petits propos extravagants, peut-être, mais courtois et en plein dans le goût de la vieille époque... Il ne regardait pas Salma de peur de pouffer nerveusement.

— Mon petit Salma, peut-être bien que notre invité aimerait du café...

Salma comprit tout de suite par là que non seulement Madame T. voulait reprendre son souffle et ses esprits, mais encore qu'elle souhaitait vivement un tête-à-tête avec cette personne qu'il lui amenait.

— Duplex, Duplex... Duplex...

Et Madame T. faisait tourner le nom très lentement dans l'air un peu comme si elle avait élevé un objet précieux au bout de ses doigts pour mieux l'apprécier. Afin de se donner une contenance, Duplex, lui, faisait rouler les poils du tapis du bout de ses longs bras pendants. Il se sentait étrangement ridicule: trop grand pour l'espace où il se trouvait et en même temps tout petit devant la voix troublante qui montait du récamier...

— Duplex..., Duplex, mais quel nom intéressant vous avez là, mon ami! Mais d'où vous vient-il donc?

— En droite ligne de Salma, chère Madame!

— Ah! le petit génie! il sait si bien remplir ma solitude de merveilles! Il invente tant de beauté, ce grand garçon, que je crains qu'un de ces jours, ah! que Dieu l'en préserve, il n'y laisse sa santé! Quelle âme géniale, vraiment, tout à fait géniale!...

Madame T. se tut et baissa les yeux. Ses doigts se mirent à masser ses tempes délicatement. C'est alors que Duplex remarqua ses longs ongles rouges et pointus comme des griffes de feu. La voix sonore de Madame T. l'arracha à sa vision.

— Mais vous-même, je parierais que vous vous consacrez à quelque œuvre. Je peux le lire dans votre visage. Oui! c'est certain, vous êtes vous aussi... possédé par une implacable passion pour la beauté...

— Comment pouvez-vous lire avec tant de justesse dans l'âme d'un inconnu?

— Oh! mais vous ne m'êtes pas inconnu! Vous êtes un ami de Salma et... vous ne pouvez être fait que de la même étoffe... De plus, oui, il faut bien que je l'avoue, ici, dans le secret de notre intimité, j'ai développé au cours des ans certains, certains... appelons-les des dons, oui, voilà: des dons, qui sont le fruit d'années de souffrances et d'intenses recherches dans les coins les plus reculés de l'âme humaine... Et bien sûr, ces dons me viennent également de mon enfance, ah! ma chère enfance, là-bas, près de la rivière... Quelle école ce fut pour moi!...

Les yeux de Madame T. se trouvaient de nouveau clos. Ses mains se pressaient autour d'une boule imaginaire, comme l'extrémité d'un bâton de voyageur. Duplex pensa qu'elle était en passe de devenir une statue, solennelle et grise. C'est alors que la mouvante beauté de cette femme le frappa. Tout en elle, lui sembla-t-il, vivait de sa vie propre. Comme si elle avait été l'extraordinaire combinaison d'un chat, d'une plante, d'un enfant et d'une porcelaine précieuse. Il trouvait, par exemple, que ses mains ressemblaient à des feuilles très longues, très bizarres et exotiques dans le creux desquelles seule une fleur empoisonnée aurait pu s'endormir sans crainte. Ses doigts à lui avaient cessé de tresser les poils du tapis. Ils s'affairaient maintenant à chercher la trame au creux de la douce petite forêt. En fait, il creusait avec tant d'énergie qu'il ne put ignorer son tic plus longtemps et se mit à se sourire nerveusement. Il espérait maintenant avec impatience le retour, la réapparition du visage de Madame T. Il avait le ventre creux. Il se demandait quelle femme allait se présenter cette fois-ci, ou bien quel oiseau...

— Oui, c'est bien cela: l'homme et la nature, mon ami, tout est là, tout est écrit dans ces deux grands livres!

— Des livres, c'est justement ça que j'essaie de faire, moi! Et je partage tout à fait votre opinion: le travail d'un écrivain, c'est de relire ces deux grands livres-là et de les refaire à sa façon à lui, avec ses mots à lui, dans un monde à lui... Oui, tout simplement...

— Et je suis certaine que vous le faites avec le même génie que Salma, lui, met à faire sortir ses petits personnages du bois... Ah! je suis si impatiente de voir ces merveilles qui m'arrivent aujourd'hui et que je vais devoir éduquer!... Car, croyez-moi, monsieur Duplex, telle a toujours été ma mission en ce monde: élever, oui élever vers la lumière les êtres qui y étaient appelés! Non que j'aie quoi que ce soit d'une mère, loin de là! Mais c'est étrange, le destin s'est toujours plu à m'envoyer des êtres à qui j'ai dû indiquer le chemin, pendant que moi, pauvre servante de la beauté, je restais fatalement dans l'ombre de ces heureux mortels... Et voilà que le destin, encore une fois, vient en placer d'autres sous mon égide... Et je me sens si lasse, le chemin a été si long... Mais, mais, ne craignez rien ! Ces jeunes créatures auront de la trempe : j'en ferai de véritables petites fées ! Oui, je le promets même si je dois y laisser ma vie !...

Aussitôt Madame T. ferma lentement les paupières. Elle gardait ses mains jointes avec conviction comme si elle avait été en train d'implorer une divinité cachée quelque part au plafond dont la peinture levait de partout formant un petit ciel pelucheux... En fait, son immobilité était si complète et sa pose si convaincante que Duplex crut un instant Madame T. véritablement sidérée par quelque écrasante nouvelle...

Le pas de Salma brisa le silence. Duplex se sentit presque délivré. Il comptait beaucoup sur le petit rituel du café pour calmer ses mains fiévreuses. Il mit enfin tant d'application à s'acquitter de chacune des petites opérations que Salma ne put s'empêcher de rire sous cape, croyant que son ami essayait désespérément de faire bonne impression...

— Ah ! mon petit Salma, votre ami est un ange, tout comme vous ! Et vous vous ressemblez tellement : les yeux, la mâchoire, le nez... et tous les deux, vous êtes des géants ! Ah ! que je suis ravie d'avoir à mes côtés deux anges véritables et puis toute une famille de jeunes fées ! Le ciel me gâte, vraiment, le ciel me gâte !... Je suis ravie !... Je crois bien que l'heure est venue... Salma, s'il vous plaît, veuillez maintenant me présenter ces jeunes personnes...

Même s'il connaissait bien le goût de Madame T. pour l'apparat, ses derniers mots le prirent par surprise. Ce ton sérieux le toucha tout à coup. Et cela le saisit d'autant plus qu'il ne s'était jamais tant amusé chez elle que ce soir à regarder Duplex se débattre comme un diable tombé dans l'eau bénite. Il fallait bien qu'il le reconnaisse, il était ému. Il avait l'impression de présenter ses pauvres petites sculptures à l'univers tout entier. Bien sûr il avait de l'affection pour ses sculptures. Il ressentait cet attachement qui naît tout naturellement des longues heures de travail et de la joie de voir sortir les formes des blocs aveugles... Mais ce n'était pas cela qui le faisait chavirer. C'était plutôt l'indispensable réalité dont les paroles de Madame T. revêtaient soudain ses petits objets. Ça réveillait des profondeurs en lui. Il se surprit même à trembler un peu, comme un père qui conduit sa fille à l'autel, conscient de faire, à sa façon, une petite boucle dans le grand ruban de la vie... Il ouvrit donc la boîte cérémonieusement et déposa les sculptures sur la table de chevet, sous les projecteurs.

Madame T. s'était redressée. Elle n'était plus qu'un regard. Ses yeux ressemblaient à deux petites paumes toutes plissées, indéchiffrables. Elle fit sursauter Duplex et Salma lorsqu'elle s'exclama:

— Celle-ci s'appelle maintenant Traînée-d'étoiles, oui, une vraie raie de lumière, cette petite! N'est-ce pas, Duplex, qu'elle est une pure merveille?

— Ça, oui, une merveille, et puis ce nom-là lui va comme un gant, chère madame, comme un gant!

— Ah! ça se voit tout de suite que vous avez une bonne oreille intérieure, vous, tout à fait comme Salma! Ah! je suis si heureuse! Mais celle-ci... non, vraiment, je n'arrive pas à lui donner un nom... Qu'est-ce que vous en pensez, vous deux, mes grands anges?

— Moi je propose Belle-à-croquer!

— Très juste, très juste, mon cher Duplex, très juste... On voit que vous êtes familier avec les sons, avec les mots... Votre intuition est bien affûtée. Oui, c'est bien ça: Belle-à-croquer, quel nom ravissant vraiment!

Madame T. ramena sèchement les pans de son kimono sur ses genoux. Elle déplia ensuite ses longs doigts sur le récamier, comme dix petits dards mortels et ses yeux, qui se tenaient cachés depuis quelque temps, remontèrent dans son visage comme deux taches d'encre noire.

Salma entendait un grand rire rebondir dans son ventre. Sa bouche se tenait fermée comme la porte d'une forteresse mais il sentait ses joues grossir et rougir comme deux grosses pommes! Comment Duplex aurait-il pu deviner le code compliqué de Madame T. ? Et de le voir parler quand il ne fallait pas et se tenir silencieux quand il devait parler lui procurait un plaisir doucement coupable.

— Mais celle-ci, je sais déjà son nom!

Et Madame T. avait parlé très vite comme si elle avait craint que Duplex ne vienne proposer un nom, qu'il ose une fois de plus usurper ce privilège qui lui revenait de droit presque divin: celui de nommer ses protégées.

— Oui, je sais son nom à cette splendeur au nez, ma foi! un tantinet arrogant... Hum, il faudra que je la garde à l'œil, celle-ci... Un nez pareil, c'est de la dynamite! Alors, mes enfants, cette petite s'appelle dorénavant Luciole. Vous aimez?

Duplex saisit le regard oblique de Salma et sut se taire.

— Ah! quelle tâche m'attend là!... Aurai-je la force!... Trois jeunes âmes à former... Des fées que je dois préparer à leur difficile mission dans un monde d'incrédules, dans un univers vendu d'avance à la pacotille, à la fausseté, au trompe-l'œil! Et puis, et puis, elles semblent avoir beaucoup d'énergie, les chères petites! Oh! non, non, Salma, ce n'est pas votre faute! C'est la conséquence normale de la jeunesse, de la vie! Vous les avez créées chacune avec un regard clair. Vous leur avez donné du souffle. La nature ne fait pas les torrents paisibles comme les lacs, que diable! Vous n'avez fait que suivre la course du sang dans l'univers! Mais ne craignez rien, Salma! Ne craignez rien! Je saurai bien les former... Je les amènerai vers la lumière même si je dois y laisser mon souffle, le filet qu'il me reste encore... Je le jure devant vous deux... Ah! comme vous êtes beaux ensemble! On dirait les gardes du trône céleste, on jurerait des frères... Et puis ces merveilleuses petites fées que vous me confiez aujourd'hui... Comme je suis comblée! Je me sens revivre, je crois bien que leur présence va me redonner dix ans... C'est certain, ah! oui, tant de beauté... Cher Salma, je ne saurais vous dire jusqu'à quel point mon cœur, mon vieux cœur, est touché. Et surtout, ne vous souciez pas trop de la petite Luciole! Je saurai bien la conduire, elle aussi, vers la grande lumière de sa vocation!... Et vous, et vous, mon cher monsieur Duplex, ah! quel joli nom, vraiment, mon cher Duplex, croyez-moi, votre présence m'a grandement honorée. Je sais le destin des écrivains... Le dur combat avec les mots... L'aride traversée de la page plus vide qu'un désert de glace... Mais n'oubliez jamais dans vos moments de lassitude que les mots sont comme des fruits. Parfaitement, comme des fruits! Sous leur écorce parfois rugueuse, terne, palpite souvent une chair si douce, si rose qu'elle ne peut qu'effacer tout à fait vos nuits d'angoisse, vos yeux vidés de toute lumière, et vos doigts privés de force...

La gravité des dernières paroles de Madame T., le ton solennel sur lequel elle les avait prononcées avaient, comme par osmose, figé tout son corps dans une pose d'éternité.

Les deux anges se levèrent alors comme des fidèles et allèrent poser sur son front un baiser qui, au regard dont elle les gratifia en retour, leur dit clairement qu'ils avaient su calmer son angoisse. Elle pouvait maintenant commencer la formation de Traînée-d'étoiles, de Belle-à-croquer et de Luciole...

Salma se sentait animé d'une vigueur nouvelle semblable à une grande joie. Duplex, lui, était toujours occupé à démêler les visages de cette femme fascinante.

Les deux amis se sourirent et laissèrent les bruits de leurs pas dans l'escalier parler pour eux.

# 22

Depuis vingt-quatre heures, la vie n'arrêtait pas de se tromper. L'impossible arrivait avec la régularité des heures au cadran. Ainsi, petit à petit et non sans étonnement, Salma s'était vu troquer son rôle de veilleur de nuit contre celui d'écolier en vacances. C'était comme si les bruits de son obsédant malheur n'avaient jamais réellement existé. Ou peut-être bien, au fond, n'avaient-ils été tout ce temps que l'écho de quelque cérémonie mystérieuse et incompréhensible ?

C'est Duplex qui était venu lui faire faire son premier miracle. Celui-là même qui pour Salma personnifiait la joie de vivre, le grand Duplex, était arrivé à l'improviste hier, tout à fait abattu. Rien n'allait plus ! Rachel était tendue, elle ne le comprenait pas, elle était un mur. Sa maison : une prison. Son travail le dégoûtait ; il ne comprenait pas pourquoi il trimait toujours dans un atelier de réparations alors que ce qu'il aimait vraiment faire c'était d'écrire. Qu'est-ce qu'il faisait dans ce bric-à-brac de fils et de tubes alors qu'il pourrait écrire chez lui devant sa fenêtre préférée? Celle-là qui s'ouvre toute grande sur le drôle de petit cerisier qui semble sorti tout droit d'une estampe japonaise... Sa vie n'avait plus ni queue ni tête, la planète ne lui convenait plus, la ville le dégoûtait, ses amis l'attristaient, le vent ne soufflait plus que pour tout renverser sur son passage. Même l'Île-aux-Boutons le laissait aussi indifférent que s'il se fût agi d'une banquise dans la mer de Béring...

Salma n'avait pu s'empêcher de rire comme un fou! C'était comme si un millionnaire venait lui raconter qu'il en a marre d'être riche et que, comble du désabusement, il n'arrive même pas à se débarrasser de l'argent qui lui brûle les doigts! Toute cette histoire lui parut si absurde qu'il réussit à faire rire Duplex lui-même. Et de se voir jouer ce rôle-là lui donna des envies de chanter. Il se sentait serein. Si serein que, sans s'en apercevoir et pendant qu'il étalait devant les yeux de son ami la richesse de son existence à lui, Duplex, c'est la sienne qui apparaissait avec éclat. Ainsi, quand il montrait, du doigt presque, la beauté saisissante de Rachel, c'est Gaby qu'il voyait, c'est sa douceur à elle qui lui mettait les mots dans la bouche... Il ouvrit les yeux de Duplex sur l'importance de la coopérative qu'il était en train de mettre sur pied dans son atelier; il en fit un récit si exaltant que Duplex ressentit une joie bien proche de la fierté. En fait, il y vit un paysage aussi intéressant que celui de ses histoires et ça l'étonna un peu. Image par image, Salma réussit finalement à faire battre toute sa vie devant ses yeux...

Duplex quitta Salma tard ce soir-là, les yeux enfin lavés, le cœur léger. Il lui téléphona quelques heures plus tard. Il était chez lui, la fenêtre était ouverte et il pouvait voir la silhouette bleue du cerisier se dessiner contre le ciel. Il était en train d'écrire. Rachel, elle, faisait un gâteau en attendant de lire le nouveau chapitre...

Salma n'était cependant pas au bout de ses surprises.

Il ne ferma pas l'œil de la nuit. Pris d'une fièvre soudaine, il s'était laissé posséder par ses outils jusqu'au matin. Il sortit chercher le journal. Les rues lui parurent remplies de toutes les promesses de la vie. L'air, si doux! Et Gaby revenait aujourd'hui de son petit voyage. Une autre fête allait commencer...

Au moment de rentrer chez lui, il se trouva face à face avec le locataire du 4-F. Celui-ci lui fit un sourire amical. Salma lui rendit la pareille sans hésiter. Ce n'est qu'une fois dans l'escalier qu'il s'aperçut de ce qui venait d'arriver. Et il se mit à rire en pensant qu'hier encore, il aurait fermé les poings en voyant le même homme lui sourire... Il serra la rampe fébrilement et sans même réfléchir alla sonner chez Madame T.

— Ah! mais bien sûr! Qui d'autre que vous, Salma? Je le savais... Je savais que vous viendriez ce matin... Parce que, voyez-vous, on m'a prédit la visite d'un être jeune et passionné avant midi aujourd'hui. Et voilà! Que je suis heureuse! Venez, venez que je vous embrasse! Ah! mon grand ange, quelle belle surprise!...

Le « on » dont Madame T. se servait si pudiquement référait à l'horoscope du quotidien local. Elle avait dans ce genre d'oracles une foi inébranlable même si, lorsque quelqu'un abordait le sujet en sa présence, elle n'hésitait pas à prendre des airs dédaigneux...

— Moi, moi, un être passionné? Non, non, non, chère madame! Pas moi!...

Salma laissait monter en lui un sentiment interdit en présence de Madame T. : quelque chose entre le je-m'en-foutisme et la désinvolture la plus totale, un sentiment enfin qui n'avait rien de très orthodoxe de la part d'un fidèle de la vieille diva mais qui, étrangement, ce matin, lui paraissait nécessaire. Et il continua:

— Moi, je suis tout au plus animé, oui, animé quand je me compare à d'autres personnes que je connais... Surtout à un de mes amis... Ah! quel être exceptionnel, quelle boule de passion, ce monsieur! Et qui... languit... de faire votre connaissance...

Salma étirait ce mot autant qu'il pouvait pendant que ses doigts faisaient tourner un petit coussin de satin. Madame T. ne le regardait toujours pas, prétendant arranger son kimono. Elle ne mettait cependant pas dans ce cérémonial son ardeur coutumière et ses doigts tournaient sans fin autour de son corsage, revenant inlassablement se perdre dans les mêmes plis de l'étoffe. Cette façon nouvelle que Salma avait de lui parler, si directe, si vive, la prenait tout à fait au dépourvu. Quant au sujet de la conversation, ses doigts impatients étaient assez éloquents là-dessus...

— Allons, Salma! Vous me connaissez suffisamment pour savoir que les hommes, sauf vous, bien sûr, mon grand ange, que les hommes, donc, ne peuvent que nourrir mon amertume! Les hommes que j'ai connus, ceux à qui j'ai ouvert mon cœur, ah! mon pauvre cœur, ces hommes se sont tous gavés, littéralement gavés de ma tendresse, de mon imagination, puis ils sont partis sans se retourner comme d'ignobles bêtes! Vous me connaissez, Salma, vous savez que toutes ces souffrances ne m'ont pas aigrie... Pur miracle, ça, j'en conviens!... Mais j'ai appris une leçon. Une dure leçon. Et je retiens, moi je retiens! J'ai trop longtemps joué à la fontaine, j'ai abreuvé trop de cœurs! Aujourd'hui, je ne vis plus que pour moi-même...

— Oui, je sais, la vie, plutôt les hommes, vous ont traitée injustement... Mais, ne croyez-vous pas que l'heure, peut-être, a enfin sonné, l'heure de justice?...

— Ah! mon pauvre grand ange! Que j'aime votre innocence... Hélas! il y a longtemps que j'ai cessé de croire en cette heure de totale et lumineuse justice! Je ne vis plus guère que de ce que la marée de mes souvenirs consent à me donner, l'intarissable marée de toutes ces années qui vient, chaque matin, opérer ses merveilles pour moi... Voilà de quoi seul mon pauvre cœur consent-il encore à se nourrir... Je peux bien vous faire un aveu, ici, dans le secret de notre amitié, oui, j'ai renoncé à... Oui, bien renoncé!... Et depuis longtemps... J'ai pour ainsi dire épousé ma solitude comme d'autres de ma génération, génération sacrifiée s'il en fut jamais, comme d'autres ont, elles, pris le voile. Le grand voile noir de l'éternité... Ah! mon enfant, ce n'est pas facile pour un être charnel comme moi de renoncer au feu de la vie!... Les livres, les rêves, les souvenirs nourrissent mon âme mais mon corps, enfin cette flamme qui s'agite en moi... Ah! si vous saviez, mon enfant, si vous saviez! Vieillir n'est pas ce que l'on pense! On se retrouve soudain sur un continent absolument inconnu... Tout est à réapprendre... Une île, c'est une grande île, la vieillesse... Et cette solitude épaisse qui vous entoure comme une forêt dense, serrée, une grande forêt que vous n'avez plus même la force d'explorer, que vous pouvez tout au plus apprivoiser avec les moyens du bord, avec ce qui vous reste de l'autre monde... Mais la flamme, elle, brûle toujours en dedans, elle ne s'éteint pas... Bien au contraire, ma foi! je pense qu'elle brûle avec encore plus de force! Et voilà que vous vous retrouvez dans un monde inconnu, condamné à la solitude, avec dans les mains une flamme inextinguible!... Oh! Salma... Et, et, vous y arrivez accompagné ou vous restez seul! Telle est la loi de ce continent sauvage!...

Madame T. dépliait maintenant ses doigts sur son visage. Salma pouvait cependant voir ses lèvres bouger entre les petits barreaux roses et plissés. Ses lèvres, pas encore peintes à cette heure, vibraient sous la poussée de petites secousses brèves. Il sut que Madame T. se recueillait et qu'elle allait bientôt continuer ses confidences.

— Et puis, voyez-vous, mon grand ange, le poids des souffrances, des départs, des trahisons, finit par vous enfermer vivante sous une espèce de carapace... Et vous voilà toute brûlante mais totalement incapable de partager cette chaleur avec une personne qui se trouverait captive, elle aussi, de cette île implacable... Ah! Salma, vieillir... Mais... ce monsieur... je parierais que lui aussi... Mais, mais, qu'est-ce que je raconte là? Vraiment, Salma, vous me faites... Enfin, c'est vous le coupable, vilain garçon! Pourquoi m'entraîner dans ces sentiers escarpés? Pourquoi me faire ouvrir de si profondes blessures quand le soleil éclate dans la rue, quand vous êtes là, devant moi, dans votre grand corps de gloire! Enfin, Salma...

— Oui, parfaitement, lui aussi, je veux dire ce monsieur, il a, tout comme vous, renoncé à... Sacrifié vivant... Victime d'un injuste destin!... Proie de la solitude...

— Ah! je vous en prie, Salma, vraiment, c'est trop triste! Et ce bon monsieur... je le parierais... est... artiste?

— Parfaitement! Mais quelle intuition! Violoniste et luthier... Un être entièrement dédié à la beauté, à la musique, à la perfection des instruments... Ah! je le sais, je le sens, et cela depuis des années maintenant, vous pourriez, tous les deux, communiquer à de telles altitudes!... Surtout que lui aussi, enfin, vous me comprenez, la vie l'a blessé... profondément. Pauvre cher monsieur Antonio!... Deux âmes comme les vôtres... Mais je dois me sauver... La petite Gaby revient ce matin...

À peine Salma avait-il refermé la porte qu'il entendit des sons, comme une chanson qui venait de chez son amie. Il revient sur ses pas et ce qu'il entendit alors lui fit monter des larmes plein les yeux: Madame T. faisait rouler dans l'air des sons où il reconnut très distinctement les mots violon et Antonio qui revenaient comme deux notes obsédantes. Salma était si excité, si distrait dans sa joie, qu'il se retrouva dans la rue avec, dans les mains, un petit coussin de satin...

# 23

Duplex avait fixé un fauteuil sur le plancher de la boîte de sa camionnette. Un grand fauteuil, un trône presque. Et c'est bien d'une reine qu'elle avait l'air, Madame T., affalée comme un gros chat heureux entre les grands bras de velours. Rachel avait décoré les côtés de la camionnette de fougères, de fleurs dont déjà les têtes sommeillaient, de bouts de rubans, tant et si bien que ça ressemblait à un char allégorique.

Madame T. se sentait transportée au septième ciel: elle faisait, ce jour-là, la tournée de son bon peuple. Et comme une suivante qui aurait accompagné sa maîtresse en exil, Gaby s'était accroupie à ses pieds. Madame T. avait trouvé un geste qui lui plaisait, un geste ambigu. Elle tenait son large chapeau du bout de la main droite et de sa main gauche, qu'elle avait pris soin de cérémonieusement déganter, elle serrait l'accoudoir comme si elle allait rendre quelque jugement devant ses sujets... Duplex lui avait fait savoir, par une série d'allusions, qu'un monsieur très digne, italien et luthier de surcroît, allait également être de la partie. Ce monsieur, toujours selon Duplex, aurait entendu sonner la trompette de la renommée à son sujet, et plus d'une fois. Elle avait, bien sûr, reconnu dans ce portrait monsieur Antonio, l'ami de Salma. Et son cœur, son vieux cœur n'avait pas balancé bien longtemps. Elle avait mis des soins infinis à sa toilette. Elle portait une robe époustouflante de fraîcheur et de légèreté : un nuage de chiffon immaculé semé de quelques fleurettes si roses, si tendres qu'on les aurait crues noyées comme des fraises dans de la crème. Duplex en avait eu le souffle coupé lorsqu'il était venu la cueillir, comme il l'avait entendue dire la veille au téléphone : « Mon bon ami, vous pourrez venir me cueillir à telle heure... » Il était tout à fait subjugué par Madame T. Il savourait chacun de ses mots, le moindre de ses gestes comme un bonbon délicieux et rare... Il était prêt à toutes les folies pour elle. Et elle le savait.

Dès le premier instant où elle avait vu Gaby, Madame T. l'avait adoptée. Elle l'avait tout de suite appelée sa chouette, sa merveille printanière, sa biche, enfin tout un cortège de petits noms qui montraient clairement qu'elle approuvait le choix de Salma. Celui-ci ne lui avait jamais présenté aucune de ses amies. Il connaissait ses vieilles griffes et il aurait été bien trop embarrassé de la voir déchirer une de ses conquêtes devant ses propres yeux. Elle en était capable. Mais Gaby, il savait d'instinct que

Madame T. allait l'adorer. Surtout que la petite Gaby l'était, elle aussi, fine chatte... et qu'elle ne serait pas longue à saisir le jeu de la divine cloîtrée... C'était donc un plaisir de les voir ensemble, chacune se prolongeant dans le rôle de l'autre mais avec une tendresse vraie qui ravissait Salma.

Duplex, dans la cabine, chantait à tue-tête une vieille rengaine qui s'était logée dans son oreille depuis le matin. À ses côtés, Rachel riait, frappait des mains et lançait, de temps en temps, un sourire complice à Gaby...

L'été, partout, refusait à l'automne d'entrer. Les champs n'avaient jamais été si verts, les arbres ne s'étaient jamais balancés avec autant d'insouciance. La ville folâtrait avec la rivière et les îles comme si jamais la glace n'allait les séparer. Le ruban de l'autoroute faisait saper la vieille camionnette de plaisir... Dans la distance, les habitants devaient bien croire qu'il s'agissait d'une bande de gitans qui s'en allaient faire leurs tours de passe-passe dans une petite ville...

Gaby ne tenait pas de joie, et tout ce vent qui s'engouffrait dans ses cheveux, dans ses oreilles, dans son cou, c'était comme un bain frais, un plongeon dans la piscine bleue du bonheur. Et elle pensait à Salma, évidemment. Salma qui était quelque part, en route, lui aussi, vers la marina... Et ça la piquait d'impatience de voir le visage surpris de Salma, de voir ses grands yeux se mettre à flamber de joie. Ah! oui, il serait si surpris, si heureux!... Elle voyait déjà ses yeux d'enfant se picoter de dizaines de petits points brillants... Les yeux de son amour, les yeux d'un lion ravi. En attendant, elle laissait le vent caresser ses cheveux, défaire ses cheveux comme quand Salma l'entraînait dans l'amour...

Madame T. était entièrement occupée à respirer; elle voulait avaler le plus d'air possible, elle faisait des réserves. Elle se sentait comme une bête qui retourne au pré après avoir été emprisonnée tout l'hiver. Et tous ces jeunes un peu fous autour d'elle, tout cet air, cette folle équipée, tant de surprises, non, vraiment elle ne pouvait plus résister: elle se sentait revivre! Là, en plein vent, il fallait bien qu'elle l'avoue: la terre embaumait encore diablement! Sa vie de recluse lui apparaissait soudain comme un crime. Un crime contre la vie, contre la grandeur de la nature et voilà que son âme s'enflammait. Des poèmes lui montaient tout ronds dans la bouche, des vers exaltés lui remplissaient les yeux... Et des souvenirs également, des flashes vibrants éclataient dans la gloire de leur première lumière. Le monde était une immense boule éblouissante et elle était assise en son centre! Et quelle joie elle éprouvait à regarder la petite Gaby! Petite poupée ronde, joues de porcelaine, cœur d'or... Une bouchée d'amour pour son grand ange... Elle pensait que dans quelques années, la petite Gaby aurait le même front que Salma et qu'en retour, ses yeux à lui, allaient prendre la forme ailée des siens... Ah! la grâce de vieillir avec son amour... Cette grande joie que le destin lui avait si brutalement refusée... Mais la tristesse glissait si vite de son cœur aujourd'hui, si vite! L'aventure la reprenait... Quel plaisir de montrer à tous ces jeunes qu'elle n'avait pas froid aux yeux! Pensez donc, à son âge, se laisser trimbaler comme ça, à l'arrière d'une camionnette, comme une reine de carnaval! Et ce vent!...

Quand elle baissait les yeux, c'est son bouquet de corsage qui lui faisait de l'œil: des marguerites éclatantes que Duplex lui avait apportées... Ah! le grand Duplex, elle n'avait pas pu résister bien longtemps à ses façons de gamin... Il était maintenant dans sa tête le jumeau de Salma et par conséquent, il était un dieu. Et cette fête qui les attendait, et ce monsieur Antonio, un violoniste, un luthier... Quel mélange, quel bouquet! Oui, c'était une immense surprise pour Salma... C'est uniquement pour cela d'ailleurs qu'elle avait accepté de quitter sa retraite... Une fête sur un bateau, ou dans une île, elle ne savait plus trop bien, mais aujourd'hui tout lui apparaissait comme un pur miracle, un rêve étoilé, une merveille! Il lui semblait tout à coup que ça faisait longtemps, si longtemps qu'elle préférait aux douceurs de la vie celles du rêve et franchement, ça lui faisait tout drôle. Non, elle ne sentait pas qu'elle se trahissait, mais bien plutôt qu'elle se redécouvrait. Elle n'aurait pas cru que c'était encore possible... Et les champs qui disparaissaient devant elle comme un troupeau en déroute... Une surprise pour Salma, lui qui aimait tellement lui en faire des surprises... Ah! la douceur des surprises, la merveilleuse douceur des surprises qu'on prépare avec des doigts impatients et qu'on donne le cœur battant... Est-ce que la vie allait encore prendre un de ses visages déroutants ? Elle s'était sentie si vieille ces dernières années. Enfermée avec ses souvenirs, avec ses chers livres... Solitude à peine percée par son fidèle Salma... S'était-elle donc refusée des joies frémissantes tout bonnement parce qu'elle les avait oubliées ? Elle se souriait en regardant la petite Gaby parce qu'elle se trouvait à peine plus âgée qu'elle aujourd'hui. Et ce vent qui voulait lui voler son chapeau, ah ! le beau bandit...

Duplex, lui, tout serré dans l'air qu'il chantonnait inlassablement ne pensait à rien. Il regardait Rachel, il vérifiait de temps en temps si les deux petites filles étaient toujours à l'arrière ou si elles avaient décidé de s'envoler... Et ces rubans qui virevoltaient dans son rétroviseur, les rubans roses et blancs du grand chapeau de Madame T. La gloire des premières communions de ses petites sœurs se mettait à bouger dans le creux de sa mémoire... Et Rachel, il le voyait à ses yeux, aux plissements de ses yeux, était toute heureuse de rencontrer la faune de sa vie à lui, les animaux bizarres avec lesquels il passait ses heures à lui, en dehors de la maison, quand il était, comme elle disait, « en vol ». Et il lui serrait les genoux d'être sa femme avec tant de simplicité...

Sortie du grand canal tout droit de l'autoroute, la camionnette se mit à faire des zigzags. Les cris montaient de l'arrière, de l'avant. Des enfants les saluaient sur leur passage. La vie semblait recommencer. Duplex se mit à imaginer Ti-Paul et puis sa Florida refaisant dans sa camionnette le chemin de leurs amours... Ils riraient, ça oui! Il les ferait cahoter à toute vitesse, il leur ferait voler le cœur en descendant de grandes côtes qu'ils ne verraient pas venir... Il les imaginait se tenant la main et marchant lentement dans le champ plein de trèfle où ils ont vu si souvent le soleil s'endormir... Il regarda encore Rachel. Il aperçut soudain au coin de ses yeux les tatouages magiques de la grande sagesse comme l'ombre de toutes leurs joies. Et les rubans du chapeau de Madame T. dessinèrent dans la lunette des dragons qui semblaient sauter à la corde tellement la vie était bonne sur terre...

# 24

— Un pique-nique?

— Oui, Salma, un pique-nique! Bien sûr, il fait beau, c'est le temps idéal pour un pique-nique! Tout le monde va en pique-nique quand il fait soleil! Qu'est-ce qu'il y a de si extraordinaire à cela?

Salma se sentait franchement agacé. Tous ces mots, tous ces gestes que Tonio multipliait si nerveusement et si tôt le matin dans le seul but de justifier un pique-nique! Mais il se retint, se disant qu'il valait mieux qu'il renonce à comprendre. Après tout, pour que Tonio vienne lui-même le sortir du lit un samedi matin à huit heures, c'est que cette invitation devait avoir son importance pour lui et il réussit presque à sourire... Et puis, lentement, tout emmêlées à la pâte du sommeil, des bribes de leur conversation de l'autre jour lui revenaient à l'esprit. Et Salma se sentit ému que le vieux bourru lui montre tant de sollicitude, qu'il essaie ainsi de le distraire à tout prix... Il se mit alors à se préparer de bon cœur. Tonio, lui, faisait le café en chantonnant.

Cela rendit Salma tout à fait heureux: Tonio qui chantait... Et ce pique-nique lui parut finalement être exactement ce qu'il désirait faire... Il voyait déjà la nappe, l'herbe, les sandwichs, le ciel grand ouvert, la paresse de l'ivresse... De plus il remarqua que Tonio s'était vraiment mis sur son trente-six: chapeau de paille, pantalon immaculé, boutonnière... Il ressemblait à un de ces personnages qu'on voit rêver dans les fêtes estivales de Renoir...

— Tu sais que t'es beau comme un cœur, Tonio!

— Ah! vraiment, tu exagères! Rien de spécial, Salma, rien de spécial!... Ça te plaît!... Ce n'est pas trop... Tu es certain?... Ah! bon... Avec qui?... Avec qui on va au pique-nique? Oh! avec, avec les Marcuso, puis Mario, puis Peter...

Salma crut qu'il n'aurait pas la force de continuer à s'habiller. Les Marcuso l'étourdissaient. Ces énergumènes parlaient tout le temps, en même temps et d'une voix criarde... Et puis ils ne sortaient jamais sans leur perroquet.

— Il sera de la partie?

— Mais qui, ça, il?

— Mais leur charmante boîte à musique, monsieur Arc-en-ciel!

— Évidemment! Il aime le grand air lui aussi! Allons, dépêche-toi, Salma! Les Marcuso attendent et tu connais leur patience à ces deux-là...

— Qu'ils attendent! Ça leur donnera un nouveau sujet de conversation... Et, tu me dis que... Peter est des nôtres, lui aussi?

— Oui. J'ai réussi à le convaincre. En voilà un autre qui a besoin de distraction. Il s'enterre vivant... Enfin, j'espère qu'il va se... Mais attends un peu de voir le temps qu'il fait! Une merveille de tous les diables!...

De savoir Peter de la partie donnait des ailes à Salma. Il aimait Peter. Tendrement comme on aime une petite bête malade mais dont les yeux continuent de vivre dru comme des points de lumière, comme des petits cris suppliants... Une si douce victime, Peter! Et, sans se le dire, Tonio et Salma essayaient depuis des années de le ramener un tout petit peu à la vie. Ils inventaient toutes sortes d'aventures pour lui, toutes sortes d'excursions... Mais la plupart du temps, Peter leur donnait son bon regard de bête et faisait non, qu'il ne pouvait pas, qu'il n'avait envie de rien... Mais peut-être bien qu'aujourd'hui Peter allait ouvrir les yeux. Oui, peut-être bien que... Et Salma mit dans ses derniers préparatifs la vigueur que donne l'envie de faire plaisir...

Salma se retrouva assis sur la banquette arrière de la vieille Pontiac. Enfin, pas vraiment assis. Il était plutôt perché sur deux, trois vieux manteaux de fourrure abandonnés là depuis l'hiver dernier. À sa droite, Peter gardait les yeux clos. À sa gauche, Mario dévorait le plus de paysages possible pendant que Tonio exposait, de nouveau, les innombrables conséquences du complot universel qui se tramait sous nos propres yeux... Il y mettait cependant aujourd'hui autant d'ardeur qu'un écolier niant avoir la bouche pleine de gomme à mâcher... C'est que d'une part, son cœur était ailleurs et que d'autre part, il le savait, les Marcuso, ce n'était pas un auditoire. Même pas une oreille polie. Ils étaient deux bouches débordantes, des rivières en crue perpétuelle! Ils s'engueulaient sur la route à suivre, puis sur la cigarette, puis sur le degré exact de la température, puis sur les saisons... Et Arc-en-ciel, lui, répétait sans arrêt, jusqu'au vertige, une des trois phrases qu'il avait réussi à maîtriser en dix années d'apprentissage: « Po Po Mal O Pied »...

Ce que Salma préférait par-dessus tout chez les Marcuso c'était la façon qu'ils avaient d'ignorer les autres. Ils ne se gênaient pas! On ne serait cru dans leur chambre à coucher. Ils ne tarissaient pas d'insultes, de cris puis brusquement ils se mettaient à roucouler des mots doux... Quelquefois même Emilio joignait le geste à la parole, oubliait qu'il était au volant et laissait la voiture dessiner des arabesques à couper le souffle au plus brave! De temps en temps, Rosa se souvenait, elle, qu'ils avaient des invités. Elle lançait alors des questions à l'arrière de la bagnole sans se soucier, bien sûr, d'attendre les réponses. De toute façon, une nouvelle dispute avait généralement eu le temps d'éclater avec Emilio. Et dans ce brassage de sons, de cris, de gestes, dans cette immense lessive, Tonio ne se taisait pas un seul instant lui non plus! Surtout pas ce matin où il semblait encore plus dévoré que d'habitude par la passion, par une passion, n'importe quelle passion... Heureusement, Mario, lui, en avait plein les yeux et oubliait de parler... Peter, de son côté, restait muet. Ses yeux s'entrouvraient à intervalles réguliers comme ceux d'une poupée dont on inverse la tête pour faire ouvrir et fermer les paupières paresseuses...

Chaque fois qu'il s'était retrouvé en cette étrange compagnie, Salma avait remarqué que ses oreilles finissaient par être immunisées. Il n'entendait plus ni Rosa, ni Tonio, ni Emilio, ni Arc-en-ciel. Il voyait leurs gestes mais il ne les entendait pas. Il se trouvait dans la même position que Peter. Mais c'est le paysage qui se mettait alors à lui entrer dans le corps. Les grands champs, si réguliers, si fidèles à leur dessin, les grands champs se mettaient à l'éblouir. Aujourd'hui, il les voyait comme un grand jeu de cartes étendu sur la terre. Un jeu de patience qui n'en finirait plus de se dérouler. Et le soleil faisait gondoler ces cartes jaunes, vertes et quelquefois toutes brunes, tout usées... Il les voyait onduler, les cartes, jusqu'au point où elles rejoignaient leur lointaine tête sous la crinière des arbres. Et ça l'exaltait... Salma n'avait jamais vécu à la ferme mais il imaginait que ce qui faisait la force d'un fermier c'était l'équilibre qu'il savait garder entre la nature sauvage de la terre et la nature humaine, elle, des champs, des jardins, des plates-bandes... Il pensait que c'était là le travail du fermier de tenir ces deux forces en équilibre. Aux poules correspondaient les loups, aux lapins des lièvres, aux vaches les orignaux, aux dahlias, les fougères, en vrac!... En réalité, il trouvait sa vision si comique, si enfantine qu'il aurait été embarrassé de l'exposer à qui que ce soit, sauf peut-être à Gaby. Mais c'est parce que Gaby, elle, voyait au-delà de ses histoires, comme par-dessus son épaule, et tout le temps... Et ça l'étonnait toujours de l'entendre donner une suite à ses paroles, de la voir trouver un sens à ce qui pour lui n'en avait pas, de la regarder transformer ses petits souvenirs à lui en histoires soudain éblouissantes...

Et tous les signes que les hommes jettent le long des routes comme s'ils avaient peur de s'ennuyer dans la nature. Des mots, des symboles, pour se rappeler que ce sont eux qui dominent, que ce sont eux, les hommes, qui battent la mesure de la terre... Peut-être bien aussi parce qu'ils ont peur de ces géants au corps tout rugueux qu'ils appellent si doucement des arbres... Et puis les maisons des hommes. Salma avait une passion pour les maisons. Pour l'histoire que chacune raconte sur ses flancs. Pour les rallonges que certaines aiment se donner ou pour les couleurs dont d'autres aiment se maquiller. Et puis ces toits qui se couchent si doucement au lointain, et les granges esseulées qui tiennent tête aux saisons depuis cent ans peut-être. Et les ruisseaux qui s'amusent à creuser les champs comme s'ils étaient de beaux visages sages. Et encore, de temps en temps, un troupeau de vaches comme une grande tache... Et rien, rien n'égalait pour lui la petite main d'un enfant qui ne manquait jamais de s'agiter à côté d'un perron de maison. Ou bien était-ce la main d'un vieillard? Salma se disait qu'à la campagne, le temps ne possède pas les hommes comme à la ville. Il leur laisse le même visage tout le long du voyage...

Salma se tourna sur sa droite et vit que les yeux de Peter le fixaient comme un sourire...

# 25

La vieille Pontiac s'abattit finalement sur un terrain de stationnement presque désert. Au loin, des mâts de voiliers se chatouillaient le cou comme des girafes heureuses qui digèrent. Le ciel était un grand bol bleu tout vide.

Salma ne s'étonna pas plus que ça de se retrouver dans un port de plaisance. Après tout, les Marcuso avaient peut-être l'idée de faire un pique-nique en pédalo ! Un jour, ils étaient bien allés en faire un sur le parapet d'un barrage... Mais lorsqu'il vit arriver l'étrange équipage, la camionnette camouflée en char allégorique, il crut devenir fou. Quoi ? Madame T. juchée sur un trône comme un vieil oiseau et tous ces rubans, ces banderoles, ces ballons et puis Gaby, et Rachel, et Duplex, non, vraiment, c'était trop ! Il aurait mis sa main au feu qu'il rêvait. Son corps devint lourd comme une pierre, ses pieds se mirent à couler dans l'asphalte, il se crut encore dans son lit ! Non, c'était impossible que tant de folie, que tant de beauté, que tant de surprises se soient donné rendez-vous ici et au même moment! Et plus tout cela lui tournait dans la tête, plus ça s'enfonçait dans son corps, plus le rêve, lui, se découpait avec précision. Et ce que ses yeux éperdus accrochèrent alors comme une bouée furent les longs cous des voiliers qui se caressaient sur le matelas de la rivière. Et les larmes lui montèrent aux yeux comme des piqûres lorsqu'il entendit un chant d'anniversaire s'élever autour de lui comme une clôture de douceur. Comme les lilas qui entouraient la maison de son enfance.

Et tout se mit à aller très vite.

Le petit quai de planches délavées posées sur des barils se mit à trépigner. Tous parlaient. On apprenait les noms, on caressait le dos de son voisin, on serrait une main. Ça ressemblait à une cour d'école un premier jour de septembre. Des regards se reconnaissaient, des mains savaient qu'elles ne se quitteraient pas de la journée, on voulait étirer le quai jusqu'au bout de la terre, la fête allait bien monter au ciel! La vie avait l'avance et le soleil ne pourrait plus partir...

Une clameur s'éleva lorsqu'on vit le Rachel-ma-perle découper ses tourelles au-dessus des canots automobiles telle une forteresse médiévale dans la plaine d'une banlieue américaine... Chacun s'extasiait devant la merveille puis saurait sur le pont en lançant des petits cris d'oiseau. Madame T. marchait avec vigueur. Elle était à peine reconnaissable... Salma tenait bien fort la main de Gaby pour y croire, pour que le rêve ne s'envole pas, pour que toute cette lumière ne s'en aille pas tout à coup dormir dans le lit de la rivière. Et la peau de Gaby sentait le vent, sentait la campagne du matin; ses yeux gardaient toute la fraîcheur des draps frais... Et Salma, en franchissant la passerelle qui le conduisait du quai au bateau, crut voir dans l'étroit corridor d'eau des poissons lui sourire. Il le dit à Gaby qui n'hésita pas à confirmer le faits. Bien sûr, ils souriaient, ils étaient de la fête, ils étaient venus au rendez-vous, eux aussi, tout simplement!

Dans la cabine, ils se retrouvèrent assis sur les genoux les uns des autres et chacun pouvait entendre le cœur de son voisin tinter. Salma tenait très fort la main de Gaby. Elle couvrait son homme de ses yeux avec toute l'assurance de leur lumière. Et tous sentaient dans le vertige de leur bonheur la profondeur de la rivière qui les portait sur son grand dos.

La rivière aujourd'hui montait dans le ciel, elle ne s'arrêtait pas à ses rivages, elle brisait toutes les lignes. L'été clôturait sa saison fastueusement dans son grand habit bleu piqué d'une seule fleur, très jaune, très lumineuse. L'automne devait attendre de l'autre côté de la planète. Il devait bien regarder tant d'or avec des yeux d'usurier. Il devait s'en promettre une revanche: il allait les ensanglanter les forêts de l'été, il allait les brunir les eaux de l'été, il allait bientôt les enfermer dans son manteau les enfants de l'été! Mais aujourd'hui, on le laissait à la porte. C'était trop grand, trop blond, trop azuré pour lui, ça lui brûlerait les yeux un bonheur aussi cru !

Madame T. se tenait au centre de la compagnie, comme une fontaine au cœur d'un jardin. Madame T. n'était plus la fragile voix qui s'élevait du récamier de sa solitude. Madame T. était une montagne. Elle tenait la vie au creux de son corps comme on se tient le cœur devant son dieu. Elle vibrait presque aussi clairement que le roulement continu du moteur sous leurs pieds. Elle était le feu, la flamme, la vie dans cet îlot flottant à la dérive de l'été. Tonio s'était immédiatement senti embrasé ! Un seul regard d'elle avait suffi. Il n'avait jamais vu créature plus gracieuse, et ce chapeau qui la couronnait comme une mariée ouvrait dans son cœur des couloirs condamnés depuis si longtemps... Tant de sang lui montait dans le corps. Tant de vie lui était redonnée. Tant de douceur. Et elle, elle avait tout de suite reconnu Tonio. À ses mains. Des mains de magicien. Des doigts qui préparent les petites ailes de bois que la musique aime se donner chez les hommes. Elle accepta son bras spontanément, naturellement, comme celui d'un compagnon de route, d'un vieux compagnon fasciné par le même horizon. Ils n'avaient pas besoin de parler. Ils se parleraient bien plus tard. Seule comptait pour l'instant la magie de la vie qui se transvasait du ciel à la rivière et de la rivière au ciel dans un va-et-vient qui les laissait trop abasourdis pour ne pas être enivrés. Tous les deux, chacun pour soi, se disaient le plus simplement du monde qu'ils iraient au bout de la terre, qu'ils allaient naviguer tous les océans avec l'autre enfin retrouvé... Et tout de suite! Car ils le sentaient nettement: ce bateau qui ouvrait la rivière comme de grands ciseaux déchirait en même temps le vêtement de solitude qu'ils s'étaient crus obligés de revêtir... Et leurs mains se tenaient fort.

Chacun avait un visage nouveau.

Les Marcuso ne parlaient plus. Ils n'avaient plus envie de parler. Ils regardaient le jour se découper dans les hublots comme un collier de lunes de miel dorées. Ils se tenaient la main eux aussi. Ils ressemblaient dans le vent à deux vieux oiseaux ridicules et contents. Arc-en-ciel dormait entre eux comme un œuf.

Plus rien n'existait pour Mario que les arbres, l'eau, le vent, le ciel. Toute son enfance lui remontait dans la gorge et il écoutait, les yeux brillants comme des billes.

Rachel, elle, s'était accroupie entre les jambes de son géant. Elle souriait, elle regardait autour et elle souriait encore, comme si ce sourire avait été imprimé sur son visage comme une cicatrice rose. Duplex jouait dans ses cheveux. Il plongeait un doigt puis l'autre et s'il avait regardé sa main, il aurait vu qu'elle avait changé de couleur, qu'elle n'était plus qu'une grande feuille dorée. Mais il regardait ses amis, l'un après l'autre, comme un radar bienveillant qui tourne pour le plaisir de tourner parce que les tempêtes n'existent plus. Il donnait à chacun une œillade ronde comme un cerceau qui donne envie de sauter.

L'Île-aux-Boutons les accueillit tels des vainqueurs. Des ballons et des lanternes pendaient aux arbres comme des fruits de rêve. Une longue table s'étirait entre deux rochers, comme un hamac blanc. Une table de Noël. Mille merveilles s'y pressaient les unes contre les autres, de tout près, comme des fleurs qui toutes auraient voulu qu'on les cueille...

Chacun sut d'instinct comment entrer dans la danse, quel pas faire, à quel rythme s'abandonner. Ainsi, on allait de la cabane au bateau, du bateau au banc vert, du banc à la cabane, de la cabane à la table au son des tangos et des valses que les haut-parleurs faisaient flotter dans l'air comme des drapeaux frémissants. Et le jour, le jour s'étirait dans son soleil comme une chanson qui ne veut plus s'en aller...

Peter qu'on ne voyait jamais sourire s'était mis à grimacer. Son visage se faisait et se défaisait comme la danse de la fête. Il ne se rassasiait pas de voir couler l'eau, de la voir continuer son grand voyage aveugle toujours plus loin, sans se soucier de savoir si d'autres rivages voudraient bien la tenir dans leurs bras. Tant de confiance lui faisait honte. Il se sentait sale. Oui, il trouvait soudain que sa tristesse avait fini par coller à sa peau comme un vêtement puant. Il n'en voulait plus! Il désirait maintenant continuer, couler lui aussi, marcher, danser avec la vie! Il voulait garder ses yeux ouverts. Le trou venait de se refermer. Il le piétinait. Il dansait sur place. Et il sortit de sa nuit d'un coup sec, comme un lampadaire s'allume à vingt heures. Il avança alors vers

Salma et sans mot dire, il posa dans son dos sa main grande ouverte. Sa main se souvenait! Il donna à Gaby un sourire qui se mit à goûter la pomme dans sa bouche. Il alla ensuite serrer le bras de Tonio puis il apporta à Rachel un petit gâteau tout rond qu'elle mangea devant ses yeux. Et il sut alors que la vie lui était revenue pour de bon.

Et puis, quand le ciel se mit à se maquiller de ces rouges et de ces jaunes si brillants, tous se rassemblèrent autour de Madame T., sans savoir pourquoi, aimantés aurait-on dit... Et elle se mit à chanter des poèmes très doux, très limpides pendant que Tonio l'accompagnait en sourdine sur son Termaduma. Et Madame T. sentait que la vie lui redonnait, en plus, un public et un public qui la suivrait jusqu'aux confins de la terre. Et la main de ce monsieur Antonio qui lui faisait battre le cœur comme un tambour. Et ce jour qui s'enfonçait dans la grande baignoire frileuse de la rivière, et ces couleurs de fin du monde! Enfin, enfin les mots de ces poèmes qui montaient dans l'air comme des étincelles, comme des ballons, comme des signaux. Elle vit alors clairement la fin de son exil et une nouvelle porte s'ouvrir toute grande...

Elle finissait de chanter un dernier poème d'amour lorsque le vent, très doucement, s'empara de son chapeau. Chacun put le voir se poser sur le ventre doux de la rivière comme un bouquet... Et, sans savoir pourquoi, comme une horloge se met à sonner, tous se mirent à rire en même temps.

Les lanternes s'allumèrent tout autour de l'Île-aux-Boutons. Salma se tenait bien collé à Gaby. Ils s'étaient enveloppés d'une grande couverture carrelée. Ils s'étaient fait une tente. Ils étaient bien. Et Salma racontait toutes sortes d'histoires. Il inventait des chansons. Il dessinait pour Gaby des châteaux dans le ciel, du bout des doigts. Des châteaux écrasés de tourelles comme un grand gâteau... Et elle riait. Et son corps tout entier glissait contre lui. Salma lui disait alors que peut-être bien que l'île, elle aussi, allait partir à la dérive. Et qu'alors ils voyageraient pendant des années et des années et qu'un matin, ils verraient se lever une petite île. Leur petite île. Et que là, il y aurait des éléphants heureux et des fruits tout rouges qui auraient le goût de son oreille... Mais aussitôt leur tête recommençait à chavirer sous tant d'étoiles et d'astres en fuite. Ils se remettaient alors à scruter le grand plafond avec ses trous bleus, ses ronds-points éclatants et lorsqu'ils avaient repéré leur étoile préférée, ils laissaient leur tête se mêler.

Et chacun s'occupait à reconnaître le nouveau visage de sa vie, la couleur nouvelle que la fête avait réveillée en eux. Et ceux qui hésitaient, pendant une seconde, allaient se brûler les mains sur le petit poêle que Duplex avait allumé dans le bateau. Et chacun en revenait rassuré sur la couleur de son nouveau bonheur...

De temps en temps, comme un refrain à la grande chanson de la fête, Salma disait à Gaby: « Ne laisse pas ma main, Gaby, ne laisse pas ma main, je suis trop heureux!... »

# 26

Un petit soleil paresseux de samedi matin essayait tant bien que mal de sortir de ses grands draps gris. Il réussissait péniblement à se frayer un chemin dans l'appartement de Madame T. Une fois franchie la barrière de dentelle de la fenêtre, la lumière avait l'intensité de quelques lampions à l'arrière d'une pauvre église. Aucune lampe n'était allumée.

Ça faisait une semaine, jour pour jour, depuis la fête de l'Île-aux-Boutons et pourtant l'été avait trouvé le temps de mettre les voiles. Le ciel était sale.

Madame T. était assise dans le fauteuil brun. Elle avait un air d'éternité. Sur le récamier bedonnant de coussins se tassaient, comme dans une salle d'attente, Tonio, Rachel, Duplex et Gaby. Peter se tenait debout contre une bibliothèque.

Ils venaient d'arriver et Madame T., avec une simplicité surprenante, les invitait à attendre le café. Il allait être prêt dans quelques instants. Personne ne parlait. Gaby tremblait. Rachel lui tenait la main. Personne ne savait exactement pourquoi ils étaient rassemblés là. Madame T. leur avait téléphoné de venir il y a une heure. Ils s'étaient rendus à son invitation sur-le-champ. Personne n'avait alors osé demander la raison de cet étrange rendez-vous tant la voix de Madame T. était cassée. Et même maintenant qu'ils étaient là, personne ne se hasardait à le faire. Ils devinaient, bien sûr, au silence de Madame T. et à l'absence de Salma, leur lien commun à tous, que quelque drame avait dû avoir lieu. Un accident sans doute. Mais, vraiment, personne ne se décidait à poser la question. Parce que chacun le savait trop bien : une fois la réponse obtenue, ils se trouveraient enfermés dans quelque terrible vérité comme dans une forteresse et ils ne voulaient pas, personne ne voulait de l'hiver. Et Gaby tremblait. Rachel l'enlaçait comme une petite, petite fille...

Madame T. ne se rappelait pas d'avoir téléphoné à Gaby, à Duplex, à Antonio... Elle ne savait pas ce qu'elle avait bien pu leur dire, sauf sans doute, de venir... Ses pensées étaient une maison en désordre, comme si un voleur y avait tout chambardé sur son passage... Et ce sont les mêmes images qui inlassablement remontaient à la surface. Des images si crues que chaque fois elle devait fermer les yeux bien fort pour ne pas être renversée. Des dards menaçants. Ses yeux lui faisaient mal. Elle les sentait presque frétiller dans leur orbite. Ses doigts, eux, s'acharnaient à faire rouler la frange de son châle. Elle tenait maintenant une boule de tissu dans chaque main, comme des boules de neige infiniment soyeuses. Elle gardait son visage bien collé contre son masque mais le grand trou qu'elle avait au cœur lui donnait un vertige tel que de temps en temps l'organisation exemplaire de ses traits s'altérait.

Personne n'avait encore parlé. Personne n'avait bougé non plus, sauf Rachel qui apportait maintenant des tasses, le sucrier, le pot à lait et la cafetière, brillante comme un obus. Tous se servirent en écoutant nerveusement le cliquetis des tasses et des cuillers. Madame T., elle, se concentrait sur le roulement sonore du café dans sa gorge lorsque subitement elle s'entendit commencer à parler...

— Bien sûr, bien sûr, il s'agit de Salma... Mon grand ange, notre ange à tous... Je vous apporte ce matin... une nouvelle qui, hélas! oui, qui vous brisera le cœur... Mais ce n'est pas ce que Salma veut, aurait voulu, enfin, voudrait... Vous le connaissez tous, vous savez sa profonde douceur... Eh bien! je vais vous raconter une histoire absurde. Absolument absurde. C'est le seul mot qui me vient à l'esprit. Tout à fait à l'image de la vie, cette histoire, la vie qui fait naître pour... mieux détruire...

« Gaby, mon angélot, ma poupée dorée, venez, venez vous asseoir ici, à mes pieds... Je ne trouverai le courage de parler qu'en vous caressant les cheveux...

« Voici.

« Cette nuit, vers les deux heures, j'ai entendu un cri strident. Un cri de bête qu'on abat. Je n'avais pas entendu un bruit semblable depuis mon enfance. Là-bas, au fond de mon enfance, il y avait un abattoir et ces cris horribles déchiraient les lundis où on faisait boucherie... J'étais en train de lire... Puis, un autre cri, sourd celui-là. Un cri lugubre... Je ne tenais plus en place. Je ne savais que faire mais il me devenait impossible de rester ici plus longtemps... Ces cris-là étaient trop... Je ne sors pratiquement jamais de cette pièce, mais...

« Oui, c'est Salma qui m'apportait le monde, chaque jour, fidèlement... Ah ! mon soleil !...

« Me voici donc dans le corridor, mon manteau sur les épaules, en quête de renseignements. J'avais si froid... Personne sur le palier ne sait rien. Je me demande alors si Salma est chez lui. Et, ma foi ! s'il est chez lui, je m'étonne qu'il ne soit pas déjà venu me rassurer. Il me connaît tellement bien et il sait que les cris, les bruits, la violence, que toutes ces choses me rendent folle. Je descends. Je m'engouffre dans le flot des locataires éveillés, eux aussi... Je me découvre des forces. J'avance. Toujours pas de Salma. Je descends un autre étage. Cinq ou six personnes s'y trouvent déjà qui entourent un corps qui s'est affaissé sur le sol... Je, je... reconnais... les vêtements de Salma... Je reconnais sa tête touffue...

« Non, non, ma chouette, ma Gaby, ne pleure pas, ne pleure pas ! Je, je ne pourrai pas continuer... »

Madame T. retenait les muscles de son visage tant qu'elle pouvait. Elle faisait des efforts de noyée. Ses mains étaient plongées dans la chevelure de Gaby comme dans un grand bol de soie. Elle cherchait les yeux d'Antonio. Mais Tonio aussi bien que Duplex, Rachel et Peter n'étaient plus là. Ils étaient sur le palier. Ils étaient devant le corps de Salma. La voix revenue de Madame T. les fit sursauter.

— Je n'ai aucune idée de ce que j'ai dit alors ou de ce que j'ai pu faire. Je me suis retrouvée ici même, dans ce fauteuil et Salma était là, étendu sur le récamier... Deux agents de police étaient assis devant lui. Je voyais cependant se balancer sa main gauche entre les barreaux des chaises où les policiers se tenaient. Sa grande main. Elle n'était plus qu'un gant... tout rouge...

« Tu es brave, ma Gaby, tu es brave et je t'aime, je t'aime tant, mon enfant!... Surtout que maintenant... Enfin, Salma m'a dit: « Lorsqu'ils m'auront amené, appelez Duplex, appelez ma Pomme, oui, c'est comme ça qu'il t'a appelée, ma chouette, oui, j'te jure... Et réunissez-les tous ici ce matin... Racontez-leur ce que vous allez entendre maintenant... »

Madame T. parlait maintenant sans hésitation, comme si elle racontait un épisode de sa propre vie. De temps en temps, elle plongeait ses mains dans les cheveux de Gaby ou bien elle lui caressait l'oreille.

— Salma était rentré de chez toi, Gaby, vers minuit trente car il voulait compléter un projet, j'ai oublié quoi au juste maintenant... Vous le connaissez, lorsque le besoin de caresser son bois le... Enfin, il était chez lui, installé sans doute à son établi, à sa longue table... C'est alors qu'il entendit le grand cri dont je vous ai déjà parlé. Immonde! Déchirant!... Et ce cri venait de l'appartement situé sous le sien... Il m'a assurée qu'il n'avait pas réfléchi un seul instant et qu'il était descendu comme une flèche au 4-F... Il m'a dit que ses yeux étaient couverts de quelque chose comme un voile rouge... Il a frappé à la porte. Un homme lui a ouvert. À ses pieds gisait, dans son sang, une femme qu'il avait battue comme un dément... Et Salma m'a dit qu'à ce moment, quand il a vu le petit corps tout ramassé sur lui-même, il m'a dit que son bras s'est élancé, oui, il a dit son bras, et qu'avec la gouge qu'il avait toujours entre ses doigts, il a frappé l'homme en pleine poitrine... Celui-ci s'est affaissé, raide mort et lui, Salma, a perdu conscience. Vous connaissez le reste...

Madame T. se tut alors. Elle n'en pouvait plus de retenir les vieux muscles de son visage. Gaby gardait sa tête bien enfoncée dans la jupe de la vieille et c'est Tonio, la lèvre tremblante, qui vint enlacer Madame T. Sur le récamier, Duplex et Rachel se tenaient les mains si fort qu'ils crurent qu'ils resteraient pour toujours joints l'un à l'autre... Peter frappait du pied mais il gardait les yeux grands ouverts. Le silence se promena dans la sombre pièce pendant plusieurs minutes. Jusqu'au moment où Madame T. recommença à parler...

— Voilà les faits tout secs, tout froids, voilà le récit de cet acte de courage si absurde... si humain... Je vais maintenant vous conter la suite, ou plutôt ce qui précède l'événement de cette nuit. Je ne sais pas si Salma vous a parlé de... bruits... qu'il entendait périodiquement et qui le dérangeaient au plus haut point... Un être sensible comme lui ne pouvait rester indifférent à ce genre de choses... Un artiste a besoin de toute la paix possible... Enfin, moi, je crois me souvenir qu'il m'a parlé de bruits, mais d'une façon si voilée que je n'ai pas vraiment saisi de quoi il s'agissait à l'époque... Il m'a raconté que ces bruits-là venaient de l'endroit où il a commis... enfin, où il a vengé la pauvre victime... Une histoire à vous faire dresser les cheveux sur la tête! Ces bruits, ces cris, c'est une femme qui en faisait les frais!... Une pauvre jeune femme... Paraît-il que les sinistres séances se déroulaient au moins hebdomadairement... Salma m'a dit qu'une nuit, il a même trouvé la pauvre femme dans l'escalier, toute blessée, incapable de bouger... Il l'a alors fait entrer chez lui, l'a soignée et a découvert que la misérable était enceinte! Enceinte!... Il est alors sorti de l'immeuble, tout affolé, à la recherche de secours et, lorsqu'il est rentré de sa course, elle avait disparu... Enfin, toutes sortes d'histoires qui me font froid dans le dos rien que d'y penser... Et ce grand ange qui devenait de plus en plus anxieux, qui craignait chaque nuit de se retrouver le témoin impuissant de cette folle violence... Comme il a dû souffrir! Et il n'osait vraiment parler de cela à personne... Je n'arrivais pas à m'expliquer son comportement aussi, ces derniers temps: un instant il était si joyeux et puis quelque temps plus tard, il devenait soucieux, tourmenté, agité... Ah ! quel destin !... Quel destin !...

Le silence, lentement, s'appesantit sur eux comme un dais. Les trois petites fées que Salma avait sculptées dormaient toujours dans l'ombre épaisse de la lampe éteinte.

# 27

Lorsque Gaby se présenta au centre de détention, on lui annonça qu'elle ne pourrait pas voir Salma. L'agent de service cet après-midi-là, un homme frisant la soixantaine, au sourire aimable, lui remit cependant une lettre de la part de Salma.

Elle alla s'installer sur un long banc le long du mur. Elle fit tourner plusieurs fois l'enveloppe entre ses doigts. Elle la pesait. Elle la sentait. Elle palpait le papier. Elle essayait d'imaginer les doigts de Salma, ses doigts à lui, qui avaient frôlé l'enveloppe... Puis les lettres de son nom. Les quatre lettres de son prénom. Le G, le A, le B, le Y ressemblaient à de petits arbres et tous les quatre, les petits arbres bleus, ils penchaient vers la droite comme sous l'effet d'une bourrasque de vent... Quatre petits arbres échevelés dans un grand désert blanc...

Elle décacheta ensuite l'enveloppe du bout des ongles. Elle n'eut pas le temps d'examiner le papier, de le sentir, de chercher des signes que déjà les mots, les mots de Salma s'étaient mis à danser comme des enfants impatients de sortir des petits paragraphes bien sages où il les avait enfermés.

*Ma grosse Pomme,*

*Tu connais le poids qui m'écrase les épaules. Je ne sais pas par où commencer parce que ton visage n'arrête pas de sauter devant mes yeux. Il fait toutes sortes de pirouettes... Je pensais que ça serait facile de t'écrire mais mes doigts, tu sais... Ça me monte dans le corps, la... Attends, je vais essayer encore.*

*C'est un criminel qui t'écrit aujourd'hui. Un criminel, c'est comme un visage défiguré. Voudras-tu encore poser ta main sur mon visage, Gaby? Seras-tu capable de me voir sous les... Si tu savais... Écoute: je n'ai pas dormi depuis que je t'ai quittée hier soir. Je ne peux pas. Il est là tout le temps. Il est là depuis deux heures ce matin. Il habite en moi maintenant. Il veut mon sang. Il veut la vie que moi, je lui ai enlevée. Ma main gauche pend à côté de moi comme un morceau de bois mort et, et c'est tes mains que je vois, tes petites mains si rondes, si douces, mon amour! Je suis dans une cage noire pleine de serpents et de bêtes dégoûtantes, mais c'est ton petit cou que je vois, moi! Je suis enfermé dans un cabanon, comme un chien, mais c'est le verger de nos amours qui se dessine là, entre les graffiti, sur le mur...*

*Gaby, je suis un infirme. Sur mon dos il y a une bosse. Un gros souvenir si atroce, si lourd, que jamais plus je ne pourrai marcher sans m'en-*

*farger dans ma peine, à chaque pas. Gaby, ça me monte dans la gorge, ça me serre la gorge comme si quelqu'un essayait de m'étouffer! Gaby, j'ai peur! J'te dis, il est là, il veut m'avoir, il me guette, il essaie de m'arracher le crayon de la main, Gaby, il veut m'enlever les mots!*

*Je suis sale. Je suis laid. Mais tu le sais, toi, ma Pomme, tu le sais que je suis pas méchant, tu le sais, n'est-ce pas? J'ai tant et tant lutté contre eux... J'étais certain d'être vainqueur. Je ne savais pas que... je... qu'ils... Ah! Gaby, mon amour doré sur tranche, mon beau dimanche tout blanc... Je pue, je suis dégoûtant, mais tout ce que je veux, c'est te toucher! Mes mains veulent te caresser. Ah! Ton dos, la vallée rose de ton dos avec en plein centre la belle rivière... Gaby, tu te souviens du petit bois et des quatre bouleaux qui jasaient tout le temps à côté du ruisseau, tu te souviens, hein, t'as pas oublié, tu n'oublieras pas? Même si je suis laid, même si je suis sale. Gaby, je voulais pas.*

*J'ai peur! Gaby, c'est pas possible d'avoir peur comme ça! Même sous la table, chez nous, quand ils se battaient, eux, j'ai jamais eu peur comme ça, non, jamais comme ça... Et pourtant, tu le sais, toi, que j'ai pas peur d'être seul, tu le sais mieux que personne, pas vrai? Ben, ici, dans ce cabanon, je tremble comme une feuille parce que je suis tout seul. Tu le sais bien, toi, que j'aimais ça me retrouver tout seul devant mon établi... Et puis même avec toi, tu sais, quand tu lisais, j'aimais ça rêver les yeux grand ouverts, tout fin seul avec moi-même. Je rêvais souvent à tes côtés sur le divan... Je rêvais à construire une maison. Duplex et moi, on en discutait de temps en temps... Une surprise pour toi! Puis, là, ce que je viens de faire... Gaby, j'ai peur! Quand je regarde devant moi, je vois un grand trou, une grande gueule noire. Je veux pas tomber! Non, je veux rester debout! C'est si mêlé dans ma tête... Et puis son visage à lui, son visage plein de rage, son visage qui me regarde encore! Il est là, à côté de moi, il ne me laissera pas tranquille, j'te dis, il me tient! Mais c'est pour ça que j'ai sauté sur lui, parce que je refusais! Et puis, je refuse encore! Il ne m'aura pas, il ne m'aura pas! Mais je suis si laid, Gaby, et toi, tu es si loin, dans la ville. Ici, c'est un grand trou. Ici c'est des dossiers, des bruits de pas, des murs sales... Où es-tu?*

*Gaby, je vais tenir, crois-moi! Mais actuellement, mes genoux, mes genoux flanchent. Je t'écrivais debout, sur le mur, et maintenant je suis assis. Je suis faible. Mon cœur est comme un petit melon dans mon corps. Mes yeux brûlent. Mais mes oreilles je les remplis de ton nom! Je dis Pomme, ma grosse Pomme, je répète encore et encore GABY, je détache chaque lettre pour l'entendre le plus longtemps possible, ton beau nom d'amour... Mais il me guette tout le temps. Son visage dur... Ma main gauche, Gaby, je voudrais la couper! La faire disparaître. Je voudrais, tiens! entrer sous terre et revenir en arbre pour te donner de l'ombre, pour t'envelopper, pour que tu ne voies jamais comme je suis laid maintenant...*

*Gaby, je suis un criminel. Oui, c'est ce que je suis. C'est tout ce que je sais. Mais je ne comprends pas. Et quand j'essaie de comprendre, c'est toi que je vois, mais toi toute en morceaux, comme un grand casse-tête... Puis, là, il revient s'installer à côté de moi...*

*Je me sens perdu sans bon sens et en même temps, je n'ai jamais su autant de ma vie ce que je veux faire! Je veux partir d'ici, je veux laver tout ça, partir dans une île, avec toi, dans une île, et la construire, notre cabane... Tu te souviens de l'histoire d'évasion du collège, tu sais l'histoire que je t'ai racontée le soir où on s'est rencontrés, là-bas, sur la promenade au bord de la... Eh bien! je suis prêt à embarquer sur la première banquise venue, j'irais à toutes les dérives, je n'aurais peur de rien, pourvu que tu...*

*Gaby, je voudrais ouvrir les murs à coups de crayon. Je voudrais arracher le plâtre avec mes ongles... Non! Je refuse! Je ne veux pas rester au fond de ce trou, non, c'est impossible, c'est sûrement un cauchemar, hein, Gaby, dis-moi que c'est un cauchemar... Il est là, Gaby, il me regarde, il me dit que je suis... C'est pas vrai, hein, Gaby? C'est pas vrai?*

*Je, je ne veux pas que tu me voies comme ça, comme un chien dans sa*

*S.*

Gaby avait lu toute la lettre d'un seul coup, et à voix haute. Elle regarda alors l'agent. Il la regardait. Il avait les yeux tout mouillés. Elle se leva et alla, très doucement, poser sa main sur son épaule bleue... Elle lui remit ensuite un petit colis pour Salma. Puis, après avoir glissé la lettre dans son corsage, elle sortit.

Dans la rue, une pluie battante faisait monter la nuit en plein milieu du jour. Gaby releva son col, plongea les mains dans ses poches et fonça, tête baissée.

FIN

Ouvrages déjà parus dans la collection
« Roman québécois »

1. Alain Pontaut, *la Tutelle*, 1968, 142 p.
2. Yves Thériault, *Mahigan*, 1968, 108 p.
3. Rex Desmarchais, *la Chesnaie*, 1971, 240 p.
4. Pierre Filion, *le Personnage*, 1972, 100 p.
5. Dominique Blondeau, *Demain, c'est l'Orient*, 1972, 202 p.
6. Pierre Filion, *la Brunante*, 1973, 104 p.
7. Georges Dor, *D'aussi loin que l'amour nous vienne*, 1974, 118 p.
8. Jean Ferguson, *Contes ardents du pays mauve*, 1974, 156 p.
9. Naïm Kattan, *Dans le désert*, 1974, 154 p.
10. Gilbert Choquette, *la Mort au verger*, 1975, 164 p.
11. Georges Dor, *Après l'enfance*, 1975, 104 p.
12. Jovette Marchessault, *Comme une enfant de la terre*, t. I: *le Crachat solaire*, 1975, 350 p.
13. Pierre Filion, *Sainte-Bénite de sainte-bénite de mémère*, 1975, 134 p.
14. Jean-Paul Filion, *Saint-André-Avellin... le premier côté du monde,* 1975, 282 p.
15. Jean-Jules Richard, *Ville rouge*, réédition, 1976, 286 p.
16. Wilfrid Lemoine, *le Déroulement*, 1976, 318 p.
17. Marie-France O'Leary, *De la terre et d'ailleurs*, t. I: *Bonjour Marie-France*, 1976, 210 p.
18. Bernard Assiniwi, *le Bras coupé*, 1976, 210 p.
19. Claude Jasmin, *le Loup de Brunswick City*, 1976, 120 p.
20. Bertrand B. Leblanc, *Moi, Ovide Leblanc, j'ai pour mon dire*, 1976, 240 p.
21. Alain Pontaut, *la Sainte Alliance*, 1977, 262 p.
22. Jean-Paul Filion, *les Murs de Montréal*, 1977, 432 p.
23. Antonine Maillet, *les Cordes-de-Bois*, 1977, 352 p.
24. Jacques Poulin, *les Grandes Marées*, 1978, 202 p.
25. Alice Brunel-Roche, *la Haine entre les dents*, 1978, 202 p.
26. Jacques Poulin, *Jimmy*, 1978, 172 p.
27. Bertrand B. Leblanc, *les Trottoirs de bois*, 1978, 266 p.
28. Michel Tremblay, *La grosse femme d'à côté est enceinte*, 1978, 330 p.
29. Jean-Marie Poupart, *Ruches*, 1978, 340 p.

30. Antonine Maillet, *Pélagie-la-Charrette*, 1979, 352 p.
31. Jean-Marie Poupart, *Terminus*, 1979, 296 p.
32. Suzanne Paradis, *Miss Charlie*, 1979, 322 p.
33. Hubert de Ravinel, *les Enfants du bout de la vie*, 1979, 200 p.
34. Bertrand B. Leblanc, *Y sont fous le grand monde!*, 1979, 230 p.
35. Jacques Brillant, *Le soleil se cherche tout l'été*, 1979, 240 p.
36. Bertrand B. Leblanc, *Horace ou l'Art de porter la redingote*, 1980, 226 p.
37. Jean-Marie Poupart, *Angoisse Play*, 1980, 86 p.
38. Robert Gurik, *Jeune Délinquant*, 1980, 250 p.
39. Alain Poissant, *Dehors, les enfants!*, 1980, 142 p.
40. Jean-Paul Filion, *Cap Tourmente*, 1980, 164 p.
41. Jean-Marie Poupart, *le Champion de cinq heures moins dix*, 1980, 302 p.
42. Michel Tremblay, *Thérèse et Pierrette à l'école des Saints-Anges*, 1980, 368 p.
43. Réal-Gabriel Bujold, *le P'tit Ministre-les-pommes*, 1980, 257 p.
44. Suzanne Martel, *Menfou Carcajou*, t. I: *Ville-Marie*, 1980, 254 p.
45. Suzanne Martel, *Menfou Carcajou*, t. II: *la Baie du Nord*, 1980, 202 p.
46. Julie Stanton, *Ma fille comme une amante*, 1981, 96 p.
47. Jacques Fillion, *Il est bien court, le temps des cerises*, 1981, 348 p.
48. Suzanne Paradis, *Il ne faut pas sauver les hommes*, 1981, 194 p.
49. Lionel Allard, *Mademoiselle Hortense ou l'École du septième rang*, 1981, 245 p.
50. Normand Rousseau, *le Déluge blanc*, 1981, 216 p.
51. Michel Bélil, *Greenwich*, 1981, 228 p.
52. Suzanne Paradis, *les Hauts Cris*, 1981, 190 p.
53. Laurent Dubé, *la Mariakèche*, 1981, 216 p.
54. Réal-Gabriel Bujold, *La sang-mêlé d'arrière-pays,* 1981, 316 p.
55. Antonine Maillet, *Cent ans dans les bois,* 1981, 358 p.
56. Laurier Melanson, *Zélika à Cochon Vert*, 1981, 157 p.
57. Claude Jasmin, *L'armoire de Pantagruel*, 1982, 138 p.
58. Jean-Paul Fugère, *En quatre journées,* 1982, 164 p.
59. Suzanne Paradis, *Emmanuelle en noir,* 1982, 211 p.
60. Michel Tremblay, *La duchesse et le roturier,* 1982, 385 p.
61. Jean-Éthier-Blais, *Les pays étrangers,* 1982, 464 p.
62. Bertrand B. Leblanc, *La Butte-aux-Anges,* 1982, 192 p.

Du même auteur

*Les passagers étonnés*. Poésie. Sherbrooke, Naaman, 1982.

ACHEVÉ D'IMPRIMER SUR
LES PRESSES DES ATELIERS
MARQUIS DE MONTMAGNY
LE 12 NOVEMBRE 1982 POUR
LES ÉDITIONS LEMÉAC INC.